Ingeborg Bachmann
Die Hörspiele

SERIE PIPER

Zu diesem Buch

Ingeborg Bachmann gehört zu den Schöpfern des modernen Hörspiels als selbständige literarische Form. »Ein Geschäft mit Träumen«, ihr erstes Hörspiel, das nach der gleichnamigen Erzählung entstand, wurde 1952 zum erstenmal gesendet. Es handelt von einem Mann, der drei Träume erlebt, von denen er einen behalten möchte, doch jeder Traum hat seinen eigenen, ungewöhnlichen Preis. »Zikaden«, 1954 entstanden, bildet aus mediterranem Traum und Erlebnis eine Parabel vom Leben als dem Dasein auf einer Insel. Das berühmteste Hörspiel, »Der gute Gott von Manhattan«, entstand 1957 und erhielt 1959 den Hörspielpreis der Kriegsblinden. »Eine Dichtung, die uns das Herz trifft und die Urteilskraft entzückt«, schrieb Werner Weber über dieses Gleichnis unserer Zeit, in dem vor Gericht das Schicksal zweier Liebender aufgerollt wird.

Ingeborg Bachmann, am 25. Juni 1926 in Klagenfurt geboren, Lyrikerin, Erzählerin, Hörspielautorin, Essayistin. 1952 erste Lesung bei der Gruppe 47. Zahlreiche Preise. Sie lebte nach Aufenthalten in München und Zürich viele Jahre in Rom, wo sie am 17. Oktober 1973 starb.

Ingeborg Bachmann
Die Hörspiele

Das Geschäft mit Träumen
Die Zikaden
Der gute Gott von Manhattan

Piper München Zürich

Textgrundlage: Werke, Band 1, herausgegeben von
Christine Koschel, Inge von Weidenbaum, Clemens Münster,
Piper Verlag, München 1982, 3. Auflage 1993.

Von Ingeborg Bachmann liegen in der Serie Piper
außerdem vor:
Frankfurter Vorlesungen (205)
Die gestundete Zeit. Gedichte (306)
Anrufung des Großen Bären. Gedichte (307)
Liebe: Dunkler Erdteil. Gedichte (330)
Wir müssen wahre Sätze finden. Gespräche und Interviews (1105)
Die Fähre. Erzählungen (1182)
Simultan. Erzählungen (1296)
Mein erstgeborenes Land. Gedichte und Prosa aus Italien (1354)
Werk (4 Bände, 1700)
Vor den Linien der Wirklichkeit. Radioessays (1747)
Gedichte, Erzählungen, Hörspiel, Essays (2028)
Sämtliche Erzählungen (2218)
Das Buch Franza (2608)
Sämtliche Gedichte (2644)
Requiem für Fanny Goldmann (2748)

Unveränderte Taschenbuchausgabe
1. Auflage Juni 1976
2., durchgesehene Auflage September 1983
10. Auflage Juni 2001

Umschlag: Büro Hamburg
Umschlagabbildung: Francis Picabia (»Mardi«, Detail,
© VG Bild-Kunst, Bonn 2001)
Gesamtherstellung: Clausen & Bosse, Leck
Printed in Germany ISBN 3-492-20139-3

Inhalt

Ein Geschäft mit Träumen

Personen

Laurenz
Anna
Mandl
Generaldirektor
Pepi
Waldau
Nowak
Sperl
Drehorgelmann
Rasierklingenmann
Alte Frau, die Luftballons verkauft
Fischhändler
Wachmann
Verkäufer
Passanten
1. Telephonistin
2. Telephonistin
3. Telephonistin
1. Übersetzer
2. Übersetzer
3. Übersetzer
4. Übersetzer
Matrose
Funker
1. Sirene
2. Sirene
und andere Stimmen

Geräusch: das Klappern einer Schreibmaschine. Hier hinein zwei Glockenschläge von einer entfernten Kirchenuhr.

MANDL Ist das möglich, daß es schon halb sechs ist ... ich glaube, wir können für heute Schluß machen.

ANNA *lachend* Ich habe nichts dagegen, wir sind in den letzten Tagen immer so lang dageblieben. Sind Sie nicht sowieso schon sehr überarbeitet? Sie sehen so blaß aus, Herr Mandl!

MANDL Blaß? Nein, nein, das kommt nur von dem Licht. Es wird schon so früh dunkel. Das Licht ist schlecht. Wir sollten für anderes Licht sorgen. Ich glaube, Neonlicht verdirbt die Augen.

ANNA Ja, ich habe es unlängst in der »Wochenpost« gelesen. Ich glaube, es war die »Wochenpost«. Man sollte dunkle Brillen bei diesem Licht tragen.

MANDL Nein, hören Sie auf, Sie wollen sich doch nicht mit schwarzen oder grünen Brillen ins Büro setzen. Das wäre doch zu auffällig ... Haben Sie den letzten Satz – »und erlauben wir uns, nach acht Tagen rückzufragen. Mit dem Ausdruck vorzüglichster Hochachtung ...«?

ANNA »Und erlauben wir uns, in acht Tagen rückzufragen ... mit vorzüglichster Hochachtung« ... Soll ich den Brief noch dem Chef zur Unterschrift geben? Der Herr mit dem blauen Mantel dürfte schon gegangen sein.

MANDL Welcher Herr, welcher blaue Mantel ...?

ANNA Der Herr, der nicht bestellt war und dennoch vorgelassen wurde. Haben Sie den Mantel nicht bemerkt? Dieser Mantel war von einem viel zu hellen Blau, ich habe so ein Blau noch nicht gesehen. Finden Sie nicht auch, daß ein Herr sich nicht so kleiden darf?

MANDL Ich habe den Mantel nicht gesehen, aber ein helles Blau, das finde ich auch ... ja, das finde ich ... ziemlich, na ja ...

ANNA Ich lege die Kopien gleich ab, wollen Sie sie noch paraphieren?

MANDL Nein, das ist nicht notwendig, oder eigentlich doch, geben Sie her.

Papierrascheln.

ANNA Auf der ersten Seite habe ich einen Fehler gemacht, aber ich konnte es sehr gut ausradieren, man bemerkt es kaum ... Haben Sie eigentlich den Film im »Forum« gesehen, ich finde den Titel so komisch: »Gummi aus sieben Himmeln«. Mir fällt das ein, weil ich von Radieren spreche ... aber es handelt sich wahrscheinlich um etwas ganz anderes. Fräulein Kleemann hat mir davon erzählt – es soll gar kein besonderer Film sein. Sie hat sich sehr gelangweilt. Aber den Titel finde ich zu komisch. Das ist einmal etwas ganz anderes.

MANDL So, Fräulein Kleemann ... wer ist Fräulein Kleemann?

ANNA Aber ... die kennen Sie nicht? Die Blonde aus der Verwaltung?

MANDL Nein, ich kenne keine Blonde aus der Verwaltung.

ANNA Ich meine die, die immer wegen der Abrechnungen anruft, sie vertritt seit drei Wochen den zweiten Prokuristen.

MANDL Ja, die! Aber ich kenne keine Blonde ...

ANNA Ja, wenn Sie nur mit ihr telephonieren!

MANDL Wenn Sie vielleicht ganz rasch, Fräulein Anna ... das heißt ... wenn Sie vielleicht hier noch etwas Ordnung machen könnten und die Schlüssel nehmen ... ich möchte gern gleich gehen, ich möchte, noch ehe die Geschäfte schließen ... meine Frau hat morgen Geburtstag, da sollte ich noch Blumen ... ja, ich sollte vielleicht noch etwas anderes ...

ANNA Dann beeilen Sie sich nur. Diese paar Minuten, die ich da länger bleibe, machen mir nichts aus, das spielt wirklich keine Rolle.

MANDL Ich bin Ihnen sehr dankbar ... und wenn mich der Chef noch brauchen sollte, dann sagen Sie ihm ... nein, sagen Sie ihm nichts, warum sollte ich nicht einmal pünktlich weggehen, wenn ich morgens immer pünktlich komme. *Zieht den Mantel an.* So, und da sitzt schon wieder ein Knopf locker – sitzen bei Ihrem Mantel die Knöpfe auch immer so locker? Ich nähe mir Knöpfe selbst an, ich finde, alle Männer sollten das tun, man darf sich nicht in allen Dingen den Frauen ausliefern.

ANNA *kichert, sehr zurückhaltend* Aber wegen der Knöpfe, Sie können es mich einmal versuchen lassen. Meine Knöpfe sitzen nicht locker. Nein, Sie sind zu komisch. Damit liefern Sie sich doch nicht aus, ich meine, den Frauen, wie komisch, Sie sagen manchmal so komische Sachen ...

MANDL Also, auf Wiedersehen, und seien Sie so lieb ... wie schon gesagt ... *Mit Schritten ab.*

ANNA *ihm nachrufend* Auf Wiedersehen! *Seufzt.*

Kurze Pause. Dann Tür auf.

GENERALDIREKTOR *unangenehmes Organ* Haben Sie nicht gehört, ich habe Sie zweimal angerufen, warum heben Sie das Telephon nicht ab?

ANNA Oh, ich weiß nicht. Es hat nicht geläutet! Vielleicht haben Sie eine falsche Klappe gewählt, nein, es hat sicher nicht geläutet, ich war keinen Augenblick weg, nicht einmal einen Schritt.

GENERALDIREKTOR Ist denn niemand mehr da? Wo ist Ihr Herr Vorgesetzter? Schon aus dem Staub gemacht, was?

ANNA Es wird gleich sechs Uhr ...

GENERALDIREKTOR So, es wird sechs Uhr! So, so. Es wird sechs Uhr. Sie wissen also immer ganz genau, welche Zeit wir haben. Sie scheinen den ganzen Tag auf die Uhr zu schauen. Aber ich sage Ihnen, die Zeit vergeht nicht schneller, wenn Sie dauernd auf die Uhr sehen. Die Zeit läßt sich nämlich nicht antreiben, die ist sehr genau, sehr, viel genauer als Ihr Herr Vorgesetzter.

ANNA Ich habe nicht auf die Uhr gesehen; ich habe nur die Glocken von der Franziskanerkirche gehört. Die Glocke schlägt sehr laut, und wir haben das Fenster ein bißchen offen.

GENERALDIREKTOR Es ist doch schon mörderisch kalt, machen Sie das Fenster sofort zu. Ich werde mich noch erkälten.

ANNA Ja, es ist ein kühler Herbst, aber wir können froh sein, daß es noch nicht kälter ist, man kann heuer noch sehr gut mit offenem Mantel gehen. Ich habe auch noch immer leichte Schuhe an ... aber natürlich, wenn man sehr empfindliche Bronchien hat, dann muß man immer achtgeben, man kann sich so leicht erkälten, es gibt Leute, die sich sogar im Sommer erkälten; ich habe erst unlängst etwas über diese Art von Erkältungen gelesen, sie sind gar nicht ungefährlich, ich glaube, ich habe es im »Blick in die Welt« gelesen – es soll vor allem von dem Temperaturwechsel abhängen, der von einem Raum zum anderen variiert. Komisch, daß das so gefährlich ist, selbst im Sommer, und nun haben wir doch schon Oktober, und man kann abends noch im Freien sitzen, aber dennoch muß man manchmal achtgeben.

GENERALDIREKTOR Machen Sie doch endlich das Fenster zu!

ANNA Es ist nur ein ganz schmaler Spalt, durch den die Luft hereinkommt, es ist an sich gut, wenn etwas Luft hereinkommt, wenn soviel geraucht wird, die Herren rauchen immer soviel, ich bin froh, daß ich mir das Rauchen gar nicht angewöhnt habe, ich war einmal schon nahe dran . . . aber ich bin doch sehr froh jetzt . . .

Sie macht das Fenster zu.

GENERALDIREKTOR Ist wenigstens der Laurenz noch da?
ANNA Ja, gewiß, ich glaube, er ist in all den Jahren noch nie vor Ihnen weggegangen. Er ist sozusagen immer da. *Lacht, sehr zurückhaltend.*
GENERALDIREKTOR So, er ist immer da! Was macht er »immer da«. Ich habe es nicht gern, wenn mir Leute beweisen, daß sie »immer da« sind. Es ist aufdringlich, »immer da« zu sein. Damit kann man mir nicht imponieren. Bei mir zählt nur die Leistung . . . nur die Leistung!
ANNA Oh, er ist sehr fleißig und so bescheiden, und er würde es eigentlich komisch finden, wenn jemand bemerkte, daß er immer da ist und so fleißig ist; es findet eigentlich niemand ein Wort der Anerkennung für ihn, und er würde es wahrscheinlich auch komisch finden. Ich habe noch keine zehn Sätze mit ihm gesprochen, aber ich habe doch den Eindruck – nein, ich übertreibe, ich habe natürlich mehr als zehn Sätze mit ihm gesprochen, im Laufe von zwei Jahren werden es schon viel mehr Sätze gewesen sein. Ich wollte nur sagen, daß man das Gefühl hat, nicht mehr als zehn Sätze mit ihm gesprochen zu haben, das sagt doch fast alles . . .

Telephon klingelt.

ANNA *hebt den Hörer ab – zum Generaldirektor* Verzeihung. *Ins Telephon* . . . Hallo, ja, nein, er ist schon weggegangen. Herr Laurenz, aber können Sie noch einen Augenblick herüberkommen, ja, ich habe etwas für Sie, es wäre zu nett, wenn Sie das übernehmen könnten.

Lacht. Weg! Er kommt schon ... *Legt den Hörer auf.*

GENERALDIREKTOR Sagen Sie ihm, er kann gehen, es ist mir viel lieber, er geht, als er macht auf eine so unverschämte Art Überstunden. Bringen Sie mir meinen Mantel. Der Laurenz soll dann zuschließen.

ANNA Ja, sofort. *Mit Schritten ab.*

LAURENZ – *Tür auf, näherkommende Schritte* – Guten Abend ... das Fräulein Anna ... ist nicht mehr da? ... Ich sollte wahrscheinlich die Schreibmaschine wegtragen, sie soll zur Reparatur morgen ... das E schlägt so schwach an.

GENERALDIREKTOR Hm.

ANNA *zurückkommend* Hier, bitte, auch die Handschuhe hab' ich gefunden, ich wußte, daß Sie die Handschuhe gerne auf das Fensterbrett legen ... ich finde das so originell.

GENERALDIREKTOR Originell? Was? Hm. Gute Nacht, und schauen Sie, daß Sie bald hinauskommen.

ANNA UND LAURENZ *gleichzeitig* Gute Nacht, Herr Generaldirektor.

ANNA Herr Laurenz, Sie können gehen, das wollte ich Ihnen sagen, der Chef meint, Sie müßten nicht immer als letzter das Haus verlassen. Sie wissen, er ist manchmal sehr subjektiv, vielleicht würde er sich auch ärgern, wenn Sie nicht als letzter das Haus verließen, aber nun ärgert er sich eben, weil Sie als letzter ... Sie dürfen das nicht mißverstehen, ich glaube, Sie sollten überhaupt alles viel mehr auf die leichte Schulter nehmen.

LAURENZ Ja, ja, ich verstehe ... nein, eigentlich verstehe ich es nicht, aber es ist sehr lieb von Ihnen, Fräulein Anna, Sie sind immer so nett ... so freundlich zu mir. Ja.

ANNA *mit Schritten bis zur Tür, dort wendet sie sich noch einmal um* Vergessen Sie nur bitte nicht, die Schlüssel abzuziehen und zum Portier zu geben. Gute Nacht. *Tür zu.*

LAURENZ *allein, vor sich hin* Natürlich, ich hab's doch noch nie vergessen ... die Schreibmaschine. *Schlägt ein paar Tasten auf der Schreibmaschine an.* Kaum zu sehen, das E ... das Fenster ist schon zu ... *Probiert noch einmal die Fensterschnalle.* Schlüssel ... *Geht hinaus, sperrt zu, weiter auf dem Gang, dreht die Wasserleitung auf, wäscht sich die Hände, singt.*
's ist Zeit, 's ist Zeit, ins Wasser schnell,
auf Erden wird's dunkel, im Wasser hell ...
's ist Zeit, 's ist Zeit ...
So ... der Hahn, na ja ... da könnte vielleicht auch der Installateur ... der tropft noch immer ... so ... So was ... wer hat denn da ... die Seife ... ah, die wird der Tremmel vergessen haben ... Lux Seife ... so, hm. *Trocknet sich ab.*

PEPI Herr Laurenz, soll ich Ihnen den Mantel holen?

LAURENZ Nein, ich dank dir schön, Pepi. *Er geht zum Kasten, nimmt den Mantel heraus, zieht ihn an.* Kannst schon gehen.

PEPI No dann, dann gute Nacht, Herr Laurenz.

LAURENZ Gute Nacht. *Er sperrt zu, geht weiter, die Treppe hinunter.* Gute Nacht, Herr Waldau ...

WALDAU Gute Nacht!

Treppe weiter.

LAURENZ *klopft* Die Schlüssel, Herr Nowak.

Das Portierfenster geht hinauf.

NOWAK Ah, der Herr Laurenz. Heut sind S' aber einmal früher dran ...

LAURENZ Ja, der Chef hat mir erlaubt ...

NOWAK Na, erlaubt is gut, 's is eh schon Zeit ...

LAURENZ Gute Nacht, Herr Nowak.

NOWAK Gute Nacht, Herr Laurenz, und sagen S' morgen der Trenzinger, sie soll bei mir auch amal abstauben. Fingerdick liegt er schon, der Dreck ...

LAURENZ Gern, Herr Nowak. Gute Nacht also ... *Geht hinaus auf die Straße. Straßengeräusche. Laurenz summt wieder das Lied:*
's ist Zeit, 's ist Zeit ...

Folgendes im Vorübergehen.

EINE DAME Wissen Sie, meine Liebe, wie sie beim hohen C war ... wie eine Nachtigall ...

EINE ANDERE DAME Man sagt, daß sie mit dem Dirigenten ...

PASSANT Aber das sag ich dir, es ist das letzte Mal, das allerletzte Mal ... du sollst mich noch kennenlernen ...

LAURENZ Auf Erden wird's dunkel ... im Wasser hell ...

EINE DAME Nie hätte ich dem Koreny das zugetraut, nie, nie! Daß er sich damit die Achtung aller anständigen Menschen verscherzt hat, muß ihm doch klar sein ...

EIN BUB Auf dem Parkring weiß ich ein Geschäft, wo's jetzt noch Eis gibt ...

EIN ZWEITER BUB Wenn du mir einen Groschen leihst ...

ERSTE FRAU AUS DEM VOLK Der Tote, nein, der Mörder.

ZWEITE FRAU AUS DEM VOLK Aber die Polizei hat sich natürlich wieder einmal Zeit gelassen.

ERSTE FRAU AUS DEM VOLK Grausig ... den Hals durchgeschnitten ...

LAURENZ Auf Erden wird's dunkel ...

Geräusch: die weichen Räder von Autos auf einer großen, breiten Straße, etwa Kärntnerstraße, gleichmäßig, dann anschwellend, die Menschen bleiben alle stehen. Pfeifen.

WACHMANN Sie, beim roten Licht können Sie nicht über die Straße gehen! Haben Sie g'hört. Stehen ja die anderen auch noch. Herrrr! Ja, Sie!

Die Menge setzt sich hörbar in Bewegung, die herankommenden Autos ziehen die Bremsen an.

MANDL Hallo, Laurenz, Sie waren das?

LAURENZ Jesus, Herr Mandl!

MANDL Der hat Sie ja ordentlich angebrüllt, was? Ist das Ihr Heimweg – oder sind Sie noch für die liebe Firma unterwegs?

LAURENZ Nein, ich bin nicht für die liebe, für die Firma unterwegs, aber mein Heimweg ist es auch nicht. Ich wohne im siebenten Bezirk. Ich bin heute früher weggegangen. Ich möchte noch ein bißchen spazieren ...

MANDL So, dann bin ich wenigstens nicht der einzige. Ich muß nämlich noch einkaufen, meine Frau, wissen Sie, hat Geburtstag.

PASSANT Das nenne ich frivol, jawohl ... diese Jugend ... ein Abgrund ...

MANDL Ich irre da schon eine Viertelstunde von Auslage zu Auslage und bin völlig hilflos.

PASSANT Das hört sich ja wie ein Roman an. In Sizilien, sagen Sie ...

PASSANTIN Passen Sie doch auf, Sie, machen S' die Augen auf ...

MANDL Mir fällt eigentlich nicht ein, was man einer Frau, so im letzten Augenblick, schenken kann. Sie überlegen sich Ihre Einkäufe sicher schon viele Wochen im voraus. Ich weiß, das ist ein Fehler von mir, daß ich immer alles im letzten Augenblick ...

PASSANTIN Ich könnte mich selbst ohrfeigen ... aber du weißt ja ... wer kann sich heute noch auf sein Gedächtnis verlassen. Meine Nerven, sag ich dir, sind in einem Zustand ...

PASSANT Katastrophal ... katastrophal ... von Indochina bis Argentinien.

LAURENZ Ich kaufe nie ein, ich meine, solche Dinge kaufe ich nie ein. Ich bin nicht verheiratet ...

PASSANT 150.000 Schilling, diese Verbrecher ...

LAURENZ Und am Morgen bringt mir meine Hausfrau ein Frühstück, zu Mittag esse ich ein Brot, ein doppelt belegtes Brot, und am Abend auch, mit Tee ... und sonst brauche ich eigentlich nichts.

MANDL Aber lieber Laurenz, da muß Ihnen ja eine Menge Geld bleiben. Oder haben Sie, so ganz im geheimen, jemand zu unterstützen? *Lacht zynisch.* Das soll vorkommen ... Sie werden ja ganz rot.

LAURENZ Ich werde doch nicht rot.

MANDL Aber, ich laß Sie ja schon in Ruhe. Wissen Sie was, begleiten Sie mich ein Stück und helfen Sie mir, meine Besorgungen zu machen.

LAURENZ Ja, ich weiß nicht ... Zeit hätte ich schon, aber ob ich mich sehr dazu eigne ... für eine Frau ... vielleicht sollten Sie doch besser allein ...

PASSANTIN Franzi, Franzi, Franzi!!!

MANDL Was? Wie alt sind Sie denn eigentlich? Man kennt sich nicht recht aus mit Ihnen, manchmal sehen Sie aus wie ein verschüchterter Knabe, dann wieder wie ein abgehärmter Mann – ja, das Leben – so ist das Leben, jeder hat seinen Teil zu tragen, was? Sie sicher auch, ja, ich bin überzeugt, ja, es ist nicht leicht, was?

LAURENZ Ja, aber im Winter fahre ich in die Berge. Ich weiß nicht, ob Sie wissen, daß ich jetzt schon sechs Jahre bei der Firma bin. Ich habe erst jetzt eine Gehaltserhöhung bekommen, aber ich glaube, ich bekomme jetzt weniger heraus ... das ist eine Steuersache ... aber was bleibt, das spare ich für den Winter.

MANDL So, dafür arbeiten Sie also. Ja, das ist schön, einen Plan zu haben. Auch so eine Art Luxus.

PASSANTIN Ich bitte dich, die hat sich doch die Haare gefärbt ...

MANDL Ich möchte auch gern einmal in die Berge. Meine Frau möchte eigentlich lieber im Sommer in ein Bad fahren, aber daraus wird nichts, nein, überhaupt, aus allen Plänen wird immer nichts, bei uns zumindest. Sie machen das sicher viel besser. Sie sind immer so schweigsam. Schweigsame Leute machen immer alles viel besser. Ich bin ganz erstaunt, daß Sie überhaupt für ein Gespräch zu haben sind.

LAURENZ Oh, ich bin schon für ein Gespräch zu ...

MANDL Sagen Sie, wie fänden Sie das? Ein Seidentuch. Kommen Sie her, kommen Sie! Was sagen Sie zu diesen Tüchern? Glauben Sie, daß so etwas, hm ... das richtige ... 80 Schilling. *Pfeift.*

LAURENZ Ja, vielleicht ein Seidentuch, dieses grüne, ja, das könnte vielleicht schon ... das ist natürlich Geschmackssache.

MANDL Das ist ja wahnsinnig teuer. Haben Sie so etwas schon gesehen? Diese Preise, ich glaube, so ein Seidentuch ist doch nicht das richtige. Vielleicht ein Paar Strümpfe. Strümpfe sind gut; die kann meine Frau immer brauchen.

LAURENZ Oh ja, Strümpfe sind vielleicht noch besser.

PASSANTIN Schau, das Kleid!

PASSANT Komm! Wir versäumen sonst die Wochenschau.

MANDL Oder Taschentücher. Taschentücher sind sehr praktisch. Die braucht man auch immer.

LAURENZ Ja, Taschentücher sind sehr praktisch.

MANDL Ich werde Taschentücher und Blumen kaufen. Ich finde das generös.

LAURENZ Gen ... en ... erös, gewiß. Taschentücher und Blumen.

MANDL Vielleicht ist das doch zu wenig. Ich kann ja noch etwas Süßes, ein paar Bonbons vielleicht ...

LAURENZ Ja, vielleicht ...

MANDL Wollen Sie mitkommen? Vor allem muß ich einmal diese Taschentücher kaufen ... oder wollen Sie lieber warten? Ich schwöre Ihnen, ich bin gleich wieder da. Es muß alles immer sehr rasch gehen bei mir.

LAURENZ Dann warte ich am besten. Ich gehe ein wenig hier auf und ab, bis Sie zurück sind. Oder ich gehe ein Stück vor, bis zum Kai, wenn es Ihnen recht ist.

MANDL Aber natürlich. *Er entfernt sich in den Laden, die Tür geht auf, eine Verkäuferin grüßt, die Tür schließt sich wieder.*

Der Straßenlärm wieder anschwellend, reale Straßenszene.

RASIERKLINGENMANN Gehen Sie nicht vorüber, mein Herr, ohne mein Patent gesehen zu haben. »Klingenfix« schleift jede Rasierklinge. »Klingenfix« schleift papierdünn, hauchdünn. »Klingenfix« macht jede Klinge zum Vergnügen, es gibt kein Schneiden, jeder Bart, ob weich oder hart, streckt vor »Klingenfix« die Klinge.

PASSANTIN Komm doch schon, wer wird denn so einen Blödsinn kaufen ...

PASSANT Das ist ja zum Rasendwerden, immer diese Hetzjagd ...

ALTE FRAU Luftballons, blaue und rote Luftballons. Zwei Schilling, gnädiger Herr! Wollen der gnädige Herr nicht dem Fräulein Braut einen Luftballon mitbringen? Für die Kinder zu Haus einen blauen Luftballon, gnädiger Herr.

LAURENZ Nein, danke, ich brauche keinen Luftballon.

DREHORGELMANN *mit heiserer Stimme, dazu Drehorgelmusik*
Zwischen heute und morgen
liegt die Nacht und der Traum,
macht euch drum keine Sorgen,
macht euch drum keine Sorgen,
zwischen heute und morgen
liegt die Nacht und der Traum . . .

Drehorgel entfernt weiter, halbes Volumen.

FISCHHÄNDLER Alles billiger heute! Frische Fische, Flußfische, so billig haben Sie noch nie gekauft, meine Herrschaften. Forellen, Blaufelchen . . . Schauen S' die schöne Fischerin an, die hat den großen Hecht und die fleischigen Karpfen geangelt – für Sie, meine Herrschaften. Heute ist alles billiger.

DREHORGELMANN *wieder nah*
Ich decke dich mit weißen Wolken zu,
ich zünd dir die fernsten Sterne an.
Ein jeder Mensch braucht einmal Ruh,
ganz gleich, ob Kind, ob Weib, ob Mann.
Sprechend. Eine kleine Gabe, lieber Herr. Ich habe fünf Kinder zu Hause und eine kranke Frau.

LAURENZ *verlegen* Ich habe wirklich kein Geld bei mir. Aber wenn ich Ihnen vielleicht ein Wurstbrot . . .

DREHORGELMANN Oh je . . . ich danke . . .

Drehorgel wieder weiter, aber entfernt, Mikro geht mit Laurenz weg, Straßenlärm, dann plötzlich eine leise irritierende Musik einblenden, die als Leitmotivmusik immer wieder kommt, sobald wir uns dem Traumladen nähern. Verkäufer manipuliert am Rolladen.

LAURENZ Verzeihen Sie, bitte ...

VERKÄUFER Ja?

LAURENZ Gehören Sie zu diesem Laden?

VERKÄUFER Ja, bitte?

LAURENZ Ihr Schaufenster ist schlecht beleuchtet. Hm, schließen Sie schon?

VERKÄUFER Nein, ich öffne eigentlich erst. Aber treten Sie ein. Womit kann ich Ihnen dienen?

LAURENZ Danke. Ich habe mir eigentlich nur im Vorübergehen Ihr Fenster angesehen. Ich warte auf einen Bekannten, der jeden Augenblick ... Er ist in dem Modegeschäft, dort vorn ... es ist nur, weil ich nicht recht sehen kann, was Sie hier eigentlich im Schaufenster haben. Es war nur eine Art Neugier. Verzeihen Sie, aber ich kann mir nicht denken, was in diesen Paketen ist, da, da, diese Dinge in dem durchsichtigen Papier. Das Licht ist so schlecht.

VERKÄUFER Was wollen Sie denn bei besserem Licht sehen?

LAURENZ Oh, ich weiß nicht ... verzeihen Sie, bitte, nochmals.

VERKÄUFER Vielleicht finden Sie etwas Passendes. Ich will Ihnen gern unsere Waren zeigen.

LAURENZ *immer unschlüssiger* Nein, das ist wirklich nicht notwendig. Ich wollte eigentlich nichts kaufen, ich will überhaupt nichts ... das ginge über meine Verhältnisse.

VERKÄUFER *reserviert* Ja, dann ... Ich hätte Ihnen selbstverständlich gerne etwas gezeigt.

LAURENZ Ich weiß nicht, wo der Herr bleibt ... mich wundert, daß er noch nicht zurück ist, er hat doch versprochen, gleich wieder da zu sein ... und nun stehe ich schon zehn Minuten, glaube ich, hier herum ...

VERKÄUFER Ich will Sie nicht überreden.

LAURENZ Nein, nein, bitte, es war mein Fehler, meine

Neugier, ich verstehe nicht, wie ich so neugierig sein konnte. Das kommt vom Warten. Gute Nacht.

VERKÄUFER Auf Wiedersehen, mein Herr.

Streichmöglichkeit:

LAURENZ *eventuell durch Filter* Wo bleibt er denn nur so lange, er wollte doch gleich zurück sein.

Ende der Streichmöglichkeit.

Musik leiser, die Atmosphäre wird jedoch noch gespannter, das Straßenbild kommt nicht real, sondern unter Hall wieder. Etwas Straßenlärm.

ALTE FRAU *jetzt ganz hochdeutsch* Luftballons, blaue und rote Luftballons. Zwei Schilling, gnädiger Herr. Wollen Sie nicht dem Fräulein Braut einen roten Luftballon mitbringen?

DREHORGELMANN

Zwischen heute und morgen
liegt die Nacht und der Traum,
macht euch drum keine Sorgen,
macht euch drum keine Sorgen,
zwischen heute und morgen
liegt die Nacht und der Traum.

FISCHHÄNDLER Sehen Sie die schöne Fischerin an. Sie hat die fleischigen Karpfen und den großen Hecht für Sie geangelt. Alles ist billiger heute für Sie, meine Herrschaften.

PASSANT In diesem Fall ist zwei mal zwei nicht vier . . .

RASIERKLINGENMANN Mit »Klingenfix« wird jede Klinge schärfer, mein Herr. Mit diesen Klingen können Sie haarscharf trennen: Tag und Nacht . . . Wasser und Feuer, oben und unten, außen und innen . . .

Laurenz fängt zu laufen an, seine Schritte sind überlaut zu hören.

DREHORGELMANN *auch unter Hall*
Ich zünd dir die fernsten Sterne an,
ich deck' dich mit weißen Wolken zu.

Schneller Übergang, Laurenz läuft, atmet schwer, Tür auf, Türangel, Straßenlärm aus, Musik, singende Säge einblenden.

LAURENZ *drinnen* Was ist das für eine Musik? Haben Sie das Radio eingeschaltet?
VERKÄUFER Nein, ich habe kein Radio. Und ich höre auch keine Musik.
LAURENZ Hören Sie nur, hören Sie. Was ist das?
VERKÄUFER Es ist vielleicht Staub, der schwirrt, oder Gebälk, das stöhnt, oder der Boden, der unter dem Lärm der Stadt zittert, banal gesagt.
LAURENZ Es ist so dämmrig. Vielleicht ist es wirklich Staub, was mir in den Ohren klingt. Das Geschäft scheint nicht gut zu gehen. Warum sorgen Sie nicht dafür, daß es sauberer und heller hier herinnen ist? Nicht einmal einen Schirm haben Sie für Ihre Lampe. Und Fliegen – so spät im Herbst. So spät im Herbst gibt es doch gar keine Fliegen mehr.
VERKÄUFER Warum nörgeln Sie schon, *ohne Betonung, fast verschluckt* ehe Sie wissen, warum das so ist? Nehmen Sie bitte Platz!
LAURENZ Warum? Bitte, ich wollte nur ...
VERKÄUFER Bitte hier auf diesem Stuhl. *Sachlich wie zuvor.* Ich muß jetzt nur das Licht abdrehen.
LAURENZ Das Licht? ... Nein, nicht das Licht ... nicht das Licht.

Lichtschaltergeräusch, Musik ganz stark.

VERKÄUFER *sachlich, fast gewohnheitsmäßig, Laurenz ist nicht sein erster »Kunde«* Ihnen ist, als seien Sie in tiefes Wasser geraten und könnten dennoch die Augen offen halten – und Silber und Rot ist vor Ihren Augen, und die blauen Fahnen des Traums wehen in Ihrem Schlaf. Breite, Höhe und Tiefe sind ausgelöscht, und Sie fassen den Raum nicht mehr – und die Zeit steht still und geht doch schneller, so schnell, als ginge sie ihrem Ende entgegen, als müßte sie ihr Ziel erreichen.

LAURENZ *ohne Furcht* Es ist zuviel Licht für meine Augen und zuviel Traum für mein Wachen und Schlafen. Es ist viel zu viel.

VERKÄUFER *sachlich* Es ist zuviel auf einmal. Sie sehen sich am besten einen Traum nach dem anderen an. Schauen Sie nach links, fangen Sie dort unten an, es ist ein kleiner Traum. Sie fangen am besten mit den kleinen Träumen an . . . sonst wird Ihnen die Wahl schwer werden.

Neue Musik setzt ein, oft gehetzt, um das Angstmotiv zu illustrieren.

I. Traum

Geräusch, ein Zug fährt bald näher, bald etwas entfernter, häufig beängstigend nah.

LAURENZ Herr Freund! Herr Mandl! Freund! Mandl! Schneller, schneller!

MANDL Ich kann nicht mehr, ich kann nicht mehr.

LAURENZ Er kommt. Sie kommen, Herr Mandl!

MANDL Ich kann nicht mehr ...
ANNA Meine Hände bluten, meine Knie bluten.
MANDL Ich kann nicht mehr.
LAURENZ Schneller, schneller, bis zum Tunnel.
MANDL Ich kann keinen Tunnel mehr, ich kann keine Hände mehr!
LAURENZ Da ist der Tunnel, hier, nein dort, nein, da.
ANNA Helft mir, meine Hände bluten.
LAURENZ Da ist schon der Tunnel. Gebt mir eine Leiter.
ANNA Ich blute, ich verblute ja. Sie kommen.
LAURENZ Hinauf, über den Tunnel hinauf müssen wir.
MANDL Wirf die Leiter weg, sie kommen.
ANNA Mit zweihundert Stundenkilometern. Ich blute, ich blute, mit zweihundert Stundenkilometern.
LAURENZ Werft euch vor den Tunnel, werft euch mit dem Herz vor den Tunnel.
ANNA Laurenz! Helfen Sie mir. Mein Herz, mein Herz tut mir weh.
LAURENZ Das Herz durch den Tunnel. Das Herz zuerst.
MANDL Wir müssen uns vor die Lokomotive werfen.
ANNA Laurenz, Sie müssen die Lokomotive aufhalten.
LAURENZ Aufhalten! Aufhalten!
ANNA Mein Herz blutet mit zweihundert Stundenkilometern.
GENERALDIREKTOR *von fern* Wir greifen aus der Luft an!
ANNA *aufschreiend* Hört ihr, er greift unser Herz an.
LAURENZ Deckung, unter die Decke, unter die Erde!
MANDL Unter die Erde!
ANNA Die Erde blutet ja! Meine Erde, meine Erde blutet ja.
GENERALDIREKTOR *von fern* Achtung. Bomben auslösen!

Detonationen von Bomben, hier hinein.

LAURENZ Erbarmen!

Mit einem Schlag ausblenden. Dann die leise irritierende Musik einblenden.

VERKÄUFER Was haben Sie denn. Fühlen Sie sich nicht wohl?

LAURENZ Oh, ja, nein ... fürchterlich, ach so ... Hier bin ich ... es ist gut.

VERKÄUFER Sie haben plötzlich »Erbarmen« gerufen – und darum habe ich das Licht wieder aufgedreht, um zu sehen, was mit Ihnen ist.

LAURENZ Es war nur so ein schrecklicher ... Traum. Nicht wahr?

VERKÄUFER Das tut mir leid. Den wollen Sie also nicht nehmen. Natürlich. Ich wollte Ihnen eigentlich einen anderen zeigen.

LAURENZ Ja, einen anderen bitte. Versprechen Sie mir, daß das nicht wieder so böse ausgeht.

VERKÄUFER *lächelnd* Sie zittern ja am ganzen Körper. Hier, nehmen Sie mein Taschentuch. Wischen Sie sich die Stirn ab.

LAURENZ Taschentuch, ja ... ich sollte aber, ich müßte gehen. Mein Bekannter wollte nur schnell Taschentücher ...

VERKÄUFER Kann ich Ihnen jetzt den nächsten Traum zeigen?

LAURENZ Ja, bitte ... nein, danke.

VERKÄUFER Später. Ich muß zuerst das Licht abdrehen.

Lichtschaltergeräusch.

Telephone verbinden immer weiter.

1. TELEPHONISTIN Generaldirektor Laurenz, ich verbinde.

2. TELEPHONISTIN Generaldirektor Laurenz, ich verbinde.

3. TELEPHONISTIN Generaldirektor Laurenz, ich verbinde.

ANNA Hier bei seiner Exzellenz Generaldirektor Laurenz. Unmöglich, kann nicht verbunden werden. Warten Sie.

3. TELEPHONISTIN Warten Sie. Kann nicht verbunden werden.

2. TELEPHONISTIN Kann nicht verbunden werden, warten Sie!

1. TELEPHONISTIN Bedaure, Herr Minister, Sie können nicht verbunden werden. Warten Sie.

STIMMEN *kreuz und quer* Warten Sie. Warten Sie. Sie können nicht verbunden werden.

LAURENZ Das ist das letzte Gespräch, das ich heute nicht entgegengenommen habe. Ich nehme überhaupt keine Gespräche mehr entgegen. Alle sollen warten, warten, verstehen Sie!

ANNA Alle sollen warten. Jawohl, Exzellenz.

LAURENZ Die Teppiche müssen weicher werden. Das ist ja zu laut, viel zu laut, verstanden, Anna? Ordnen Sie an, daß alles leiser wird und wartet.

ANNA *haucht ersterbend* Jawohl, Exzellenz. Alles leiser und warten.

LAURENZ Diktieren Sie jetzt durch das Diktierphon: »Wir machen Sie zum letztenmal darauf aufmerksam, widrigenfalls . . .«

ANNA *diktiert in ein Rohr hinein* ». . . zum letztenmal darauf aufmerksam, widrigenfalls . . .«

Ihre Worte werden weitergegeben von vielen Stimmen, dann Klappern von Schreibmaschinen in der Ferne, die es aufnehmen.

LAURENZ Schneller, Sie brauchen ja entsetzlich lang zu diesem lächerlichen Diktat. Das könnte alles viel leiser vor sich gehen. Aber Sie machen sich ja keine Mühe.

ANNA Oh doch, ich gebe mir Mühe, Exzellenz Laurenz, ich gebe mir wirklich Mühe.

LAURENZ Bringen Sie mir meinen Wagen, ich möchte zu meinem Schreibtisch fahren. Chauffieren Sie mich in das große Sitzungszimmer.

Autogeräusch, stark, kurz darauf werden die Bremsen gezogen.

ANNA War ich nicht schnell genug, habe ich Sie verärgert? Sie sehen mich so schrecklich an.

LAURENZ Wie Sie 's verdienen, meine Liebe, wie Sie 's verdienen. Wischen Sie sich die Tränen weg.

ANNA Wie Sie befehlen, Exzellenz.

LAURENZ Ja, wie ich befehle, wiederholen Sie. *Anna wiederholt rasch.* Lassen Sie Tänzerinnen hereinbringen. Ich will . . . ich muß . . . ich kann . . . ich werde . . . ich werde . . . endgültig . . . und nie mehr . . . die Tänzerinnen, habe ich gesagt . . . und eine schöne Musik.

ANNA Es ist keine Musik da. Die Musik ist ausgegangen, schon vor langer Zeit.

LAURENZ Dann wird man eben neue Musik holen.

ANNA Es gibt keine Musik mehr im ganzen Land.

LAURENZ Dann wird eine neue Musik geschrieben. Lassen Sie den Musikanten kommen.

STIMMEN *durchs Telephon* Der Musikant soll sofort kommen, der Musikant soll sofort kommen.

MANDL Exzellenz, was kann ich tun?

LAURENZ Wer sind Sie, wie sehen Sie denn aus?

MANDL Ich bin der Musikant.

LAURENZ Sie sollen mir neue Musik schreiben, sie muß so alt sein, daß sich keiner mehr dran erinnern kann.

MANDL Jawohl, Exzellenz. Ich schreibe sofort . . .

Musik einblenden.

LAURENZ Schluß mit der Musik. Aus, aus! Das ist keine Zeit für Musik. Das ist überhaupt keine Musik und keine Zeit. Hinaus! Ihre Musik lügt ja!

ANNA Gehen Sie, Herr Mandl, Sie sehen ja, daß Seine Exzellenz unzufrieden mit Ihnen ist.

LAURENZ *schreit* Ich lasse Ihre Instrumente kurz und klein schlagen, wenn Sie noch einmal lügen.

ANNA Gehen Sie doch, Herr Mandl.

LAURENZ Ich lasse alles und alle kurz und klein schlagen. *Zerschlägt ein paar Gegenstände.*

MANDL *heult im Davonlaufen getroffen auf.*

ANNA Was befehlen Herr Generaldirektor jetzt?

LAURENZ Meinen Turban, bitte. Und den großen Diamanten legen Sie bitte neben mich, auf daß ich ihn mit dem Ellbogen berühren kann. Nein, nicht diesen, den anderen, den mir mein lieber Freund, der Maharadscha von Joschambur, zu seinem Namensfeste verehrt hat. Wie sehe ich aus? Wunderbar, was? Lachen Sie, meine Taube, meine Lachtaube. *Streng.* Lachen Sie, sofort, verstanden?

ANNA *lacht auf Befehl.*

LAURENZ So ist 's recht, das Lachen tut wohl. Es müßte überhaupt mehr gelacht werden. Halt, nehmen Sie einen Bleistift, Liebste. Ich habe einen Einfall. Schreiben Sie: Jeden zweiten Donnerstag – zwischen dem 1. und 37. Februar – hat das Wohlfahrtsministerium einen Lachtag festzusetzen. Wer an einem solchen Tag mit traurigem

Gesicht oder Tränen angetroffen wird, ist mit einer Geldstrafe von 100 zu bestrafen.

ANNA *lachend* Heute haben wir ja Donnerstag. Ich bin schon ausgezeichnet gut aufgelegt. Es ist eine wunderbare Idee von Ihnen. Ja, originell waren Sie ja immer.

LAURENZ Lachen Sie nicht, schreiben Sie! Und wenn Sie fertig sind und das Gesetz in das laurenzische bürgerliche Gesetzbuch aufgenommen ist, lassen Sie der Regierung mitteilen, daß ich bereit bin, die Regierung zu übernehmen.

ANNA Jawohl, mein Gebieter.

LAURENZ Und jetzt die Stenogrammblöcke heraus, die Übersetzer herein! Den Nachrichtenapparat! *Er schlägt mit der Faust auf den Tisch.* Ich habe jetzt genug von der ewigen Verzögerungspolitik. Wir müssen zu einem Resultat kommen. Auf die Plätze, meine Herren.

Geräusch: Raunen, viele Menschen, Schreibmaschinengeklapper. Die folgenden Sätze von Laurenz und den Übersetzern werden auch telephonisch weitergegeben von den Stimmen der Telephonistinnen.

LAURENZ Ich eröffne den diesjährigen 55. Kongreß für die Erschließung überseeischer Länder zugunsten des Laurenz & Laurenz Transglobe Konzerns . . . ich eröffne die 32. Zwischensitzung des 55., ach, 55. Kongresses, die 3. Zwischenkonferenz der 32. Zwischensitzung des ach, ach, 55. Kongresses.

1. ÜBERSETZER *russische Sprache kopierend – die Worte müssen völlig willkürlich gewählt werden, oder der deutsche Text muß auf diese Weise gelesen werden –* nihel pab dsobram njetulawskij dsaboros ionitat dschuldj dre dre soluscya sotujaskaja . . .

2. ÜBERSETZER si non mason erjesjation roetetr . . . etc. *Weitere sinnlose Worte, die ans Französische anklingen.*

3. ÜBERSETZER Now well adjustetation in limit well shettation no no preparial as resurch weer ... *Ans Englische anklingend.*

4. ÜBERSETZER Ki-wai lun pa pa tai pe mang tungung lao Ke Tang ... *Ein Pseudochinesisch wird gesprochen.*

ANNA Herr Generaldirektor! Zwei Telegramme und eine Telefunke! Hier bitte, es ist dringend.

LAURENZ Nichts ist dringend. Aber geben Sie, in Gottes Namen. *Reißt das Telegramm auf.* Ja, ich habe es ja geahnt. Man wird ohne mich nirgends fertig. Anna, Sie kommen mit. Wir brechen die Konferenz sofort ab. Wir fliegen. Nein, lassen Sie meine Privatrakete kommen. Verständigen Sie den Raketenführer. Wo ist denn dieser Flegel wieder?

GENERALDIREKTOR Hier, zu Ihren Diensten, verehrter Herr Generaldirektor. Ich bin ständig in Bereitschaft.

LAURENZ Ha, ha, ha, sagen Sie das gefälligst mit einer tiefen Verbeugung. Oder ich jage Sie davon wie einen Hund. Was, Sie haben wohl noch immer nicht vergessen, daß Sie einmal Generaldirektor waren. Generaldirektor eines lächerlichen Konzerns, den ich übernommen, was sage ich, hinaufgeführt, zu einer der gigantischsten, einer noch nie dagewesenen weltumspannenden Organisation gemacht habe. Verbeugen Sie sich. Abfahrt. Steuern Sie!

Motorengeräusch.

ANNA Ich werde Ihnen mit dem Fächer Kühlung verschaffen, wenn Ihnen die Luft zu heiß wird.

LAURENZ Reden Sie nicht lang, steigen Sie ein. *Motorengeräusch.* Halt, ich habe es mir überlegt. Man soll sehen, wie man ohne mich fertig wird. Es genügt, wenn ich meinen Gesandten schicke. Wir wechseln den Kurs. Wir werden heute, heute noch, haben Sie verstanden, Herr Raketenführer, den Mond in Besitz nehmen.

ANNA Oh, den Mond. Ich habe mir schon immer ein Landhaus auf dem Mond gewünscht.

LAURENZ *gähnt* Ich will gnädig sein, Anna, das sollen Sie haben, aber, daß ich nicht vergesse, ich bin Ihrer wirklich schon seit Tagen überdrüssig, ich werde Ihnen das Landschloß auf dem Mond bauen lassen, dann ist's aber genug. Sie werden des Landes, pardon, der Erde verwiesen und bleiben dort, wo ich Sie jetzt absetze. Verstanden, mein Kind?

ANNA Herr ... Herr ... Ach, Laurenz, Laurenz, das kann ich nicht ertragen, ich verehre Sie heute noch wie am ersten Tag. Ich liebe Sie und Sie verstoßen mich. Ich will nichts, ich will nur zu Ihren Füßen sitzen dürfen, Ihre Sklavin sein, Ihre Befehle erfüllen dürfen, Ihre Stirn, hinter der sich die größten Gedanken, die je gedacht worden sind, denken, sehen dürfen. Ich will nichts, nur das, nur das. Verstoßen Sie mich nicht. Machen Sie zu meiner Nachfolgerin, wen Sie wollen, lassen Sie mich ihr und Ihnen dienen ... ach, Laurenz.

LAURENZ Heute wird gelacht! Was unterstehen Sie sich? Hören Sie sofort auf zu jammern, ich lasse Sie guillo ... guillo ... ich lasse Sie töten!

ANNA Dann, dann ist alles zu Ende, ich kann nicht mehr, ich kann ohne Sie nicht leben.

LAURENZ Was wollen Sie denn, was machen Sie denn da?

ANNA Ich suche die Tür, ich will ... oh Laurenz, ich kann nicht anders. In einer Minute ist alles zu Ende.

LAURENZ Sie können doch nicht hier, auf der halben Strecke zwischen Erde und Mond ... Gott, wie phantasielos. Ich wußte es immer, daß Sie zeit Ihres Lebens eine mittelmäßige Person bleiben würden. In Gottes Namen, tun Sie, was Sie nicht lassen können. Hier ist die Tür.

ANNA Leben Sie wohl, machen Sie sich Erde und Himmel untertan. Meine Zeit ist um, ich konnte Ihnen nichts bedeuten.

Windstoß, Tür auf und zu.

LAURENZ Die gute Seele. Ja, ja, sie konnte mir nichts bedeuten. Eine traurige Langeweile überkommt mich. Herr Raketenführer, was hielten Sie davon, wenn ich, um mein schläfriges Gemüt wieder anzukurbeln, einen Krieg erklärte?

GENERALDIREKTOR Wem soll der Krieg erklärt werden, Herr Generaldirektor?

LAURENZ *aufbrausend* Sie sind wohl schwer von Begriff. Das ist doch völlig egal ... Krieg, habe ich gesagt, ich erkläre einfach den Krieg.

Lautsprecher einblenden.

LAUTSPRECHER Wie wir soeben vom Laurenz & Laurenz Transglobe Konzern erfahren, hat Seine Hoheit, Generaldirektor Minister Doktor Laurenz, den Krieg erklärt. Der Krieg wurde an sich, ohne Einschränkung, gegen alle wie immer möglichen Objekte erklärt und wird von den neuesten Stützpunkten, von Gestirnen am mittelöstlichen Himmel sowie dem eben in Besitz genommenen Mond, aus geführt werden. Das Befinden Seiner Exzellenz, des erlauchten Generaldirektors, ist zufriedenstellend.

Eine Hymne wird kurz gespielt, dann rasch ausblenden.

VERKÄUFER Nun, mein Herr.

LAURENZ *verlegen lachend* So etwas. Das ist aber ... nein, eigentlich möchte ich diesen Traum doch lieber nicht ... Sehr lustig ... ich kann mich nur wundern. Nein ... gar so lustig ist das eigentlich aber doch nicht ...

VERKÄUFER Ich will Ihnen gerne noch einen zeigen. *Lichtschaltergeräusch.* Bitte!

III. Traum

MATROSE Den Kran schwenken, rechts halten ... um 45 Grad schwenken.

ANNA Ist die Fracht schon verladen?

MATROSE Wir sind gleich fertig. Die Passagiere können schon an Bord gehen.

ANNA Würden Sie so freundlich sein und mich durch die Kontrolle bringen? Der Kapitän selbst hat mir erlaubt, mit der »Securitas« zu fahren. Sie ist das schönste Schiff der Welt, hat man mir erzählt.

MATROSE Darf ich Ihnen meinen Arm reichen? Kommen Sie. Wir freuen uns, einen so schönen Passagier auf unserem Schiff begrüßen zu können.

ANNA Danke. Sie sind ein Kavalier, Matrose. Ihre Uniform gefällt mir.

MATROSE *lacht* Ich danke auch. Sie sind sehr liebenswürdig, schöne Dame.

ANNA Ich heiße Anna.

MATROSE *wiederholt lachend* Anna ...

Eine neue Art von Musik setzt ein, die diesen Traum durch begleitet mit verschiedenen Akzenten.

LAURENZ Anna, um wegzufahren, brauchst du einen Paß. Du kannst nicht ohne Papiere auf das Schiff. Anna, geh nicht, ohne mir »Lebewohl« zu sagen. Sieh mich, bitte, noch einmal an. Gib mir, bitte, noch einmal die Hand. Ich weiß nicht, warum du heute fahren willst. Die Wolken treiben so schnell, und am Horizont steht ein Streifen Dunkel. Du solltest nicht heute fahren. Wart' noch zu, fahr morgen.

ANNA *durch Filter* Das Schiff ist schön, es ist weiß und groß, ich wollte immer auf weißen großen Schiffen fahren, die mit bunten fröhlichen Wimpeln besetzt sind.

LAURENZ Anna, ich verstehe dich nicht. Blick auf, blick in den Himmel, der voll von Gefahr ist. Hör auf mich. Allen anderen wendest du dein Gesicht zu, du lächelst die Matrosen an, und du läßt mich vergeblich rufen. Was ist geschehen, sag mir, was ist geschehen, seit den Tagen, als wir durch goldene Städte gingen, unter goldenen Dächern, und die Glocken über die Plätze unserer Liebe läuteten?

ANNA Ich liebe die großen weißen Schiffe, ich liebe Kleider aus silbernen Fischschuppen und Halsbänder aus Tang, ich liebe die Wellen, die an große weiße Schiffe schlagen, ich liebe die wunderbaren Lieder der Matrosen und die hohen Masten, in denen sich schneeige Wolken verfangen. Ich liebe das Heulen der Sirenen und die Ferne, auf die die großen weißen Schiffe Kurs nehmen, und ich liebe das Ufer der Sonne am Horizont, auf das mich der Wind mit seinen starken Armen heben wird, ich liebe die Unendlichkeit des Meeres.

LAURENZ Anna, du hast keinen Paß bei dir. Man wird dich nicht durch die Sperre lassen. Hörst du mich? Anna, du kannst nicht einfach auf das Schiff laufen. Du hast eine Menge von Formalitäten zu erledigen. Anna!

ANNA Matrosen, macht mir den Weg frei, meldet mich dem Kapitän! Ich habe freie Fahrt und ein Visum für die Unendlichkeit.

MATROSE Der Kapitän läßt Sie bitten, an Bord zu gehen. Kommen Sie. Wir fahren ab.

Die Schiffssirenen heulen.
Musik.

LAURENZ Warum hast du nicht auf mich gehört, Anna? Der Streifen Dunkel hat sich vom Horizont gerissen und dein Schiff ist weit auf dem Meer.

ANNA Hundert Meilen liegen zwischen uns.

LAURENZ Hundert Meilen und die vielen einsamen Abende ohne dich, die ganze Stadt und meine Arbeit. Und meine Sehnsucht liegt zwischen uns. Ich hätte mich nie so sehnen sollen.

ANNA Der Himmel war blau bis zu dieser Stunde, aber nun ziehen Wolken auf, und die Möwen fliegen mit gellendem Schrei um das Heck. Vom Lande ist nichts mehr zu sehen. Ich wußte nicht, daß es soviel dunkeläugiges Wasser gibt und Wellen, die klirren wie Schwerter und mir das Wort im Mund zerschlagen.

Wind stärker.

MATROSE Sie sollten hinuntergehen in die Kabine. Der Wind wird Ihnen die Wangen verbrennen.

ANNA Aber ich kann mich noch halten. Lassen Sie mich, ich kann mich noch halten, ich kann noch die Ferne halten und den unendlichen Himmel, der mit dem Meer den Erdkreis schließt.

LAURENZ Anna, komm zurück!

ANNA Zurück? Wohin? Einmal war ich in einer Stadt mit trockenen Häusern und Toren, über denen Engel hingen, in einem Park, in dem dämmrige Laubdächer mein Begehren sänftigten und wenn mich dein Arm umfing ... wessen Arm umfing mich? Matrosen, wessen Arm umfing mich? Wessen Arm?

LAURENZ *von fern* Anna! Warum hast du nicht auf mich gehört?

ANNA Wessen Arm umfing mich, wessen Wimper rührte an die meine? Wer stahl für mich den sonnenwarmen Flieder im Park und gab mir den Wein des späten Nachmittags zu trinken? Hier ist kein Tag und keine Nacht, hier ist das Wasser zu jeder Stunde kalt und der Wind zu jeder Stunde stark, hier sind die Matrosen zu jeder Stunde bereit und hängen wie Wimpel an den Masten. Wer hat mir die Abschiede in den dunklen Toren genommen und die Umarmungen?

LAURENZ Leg dich zu Boden, Anna. Siehst du die schrecklichen Wolken nicht, die unaufhaltsam auf dich Kurs nehmen?

ANNA Soll ich immer so stehen, regungslos in unendlicher Bewegung?

LAURENZ Anna, ich werde nicht in die Berge fahren. Wir werden um unser Geld ein kleines Haus kaufen. Verlaß das Schiff, Anna, spring, lauf! Spring ab, komm zurück! Wir werden Blumen in unserem Garten haben, und ich werde dir einen blauen Luftballon kaufen, wir werden Wein trinken, und ich werde dich mit weißen Wolken zudecken. Lauf und spring ab!

ANNA Wer ruft mich? *Sie bricht in ein nicht endenwollendes Gelächter aus.* Du bist es, Laurenz, du rufst mich! Matrosen, seht ihr den kleinen dicken Punkt am Ufer, diesen kleinen grauen Punkt, der wie eine Träne im Sand zittert? Die Träne will, daß ich abspringe und zurückkomme.

LAURENZ Lach nicht, Anna. Du kannst mich vor den Matrosen nicht so bloßstellen. Das hab ich nicht verdient um dich.

ANNA *lacht wieder.*

LAURENZ Immer bin ich müde, wenn ich abends fortgehe, immer verlasse ich als letzter das Haus. Und wenn ich im Tor stehe, bleibt mir die getane Arbeit noch zu überdenken; ich muß wissen, ob alle Termine in die Kalender meiner Vorgesetzten eingetragen sind, ob alle Schriftstücke abgelegt sind, ob die Wasserleitungen am Gang nicht tropfen und die Schreibmaschinen zur Reparatur getragen sind. Immer bin ich müde, wenn ich heimgehe – *das folgende als eventuelle Streichmöglichkeit:* wenn sich Straßen und Menschen im Staub des Abends verlieren und die Vögel mit hellen Schreien über die Dächer fliegen ... *Streichmöglichkeit aus.*

ANNA *lacht wieder.*

LAURENZ Wenn du zurückkehrst, will ich dir dein Lachen verzeihen, und ich will dir vergeben, daß du von mir gegangen bist.

ANNA *lacht leiser.*

LAURENZ Anna, wenn du jetzt nicht zu lachen aufhörst und abspringst, ist es um dich geschehen. Die schwarzen Wellen zermalmen schon das Heck, die Planken brechen! Du bist für mich verloren, rette dich, du bist für dich und mich verloren.

ANNA Ich liebe die wundervollen Lieder der Matrosen, ich liebe das Meer und die Ferne, die Unendlichkeit und die Gefahr. Und ich hasse die Stadt mit den Dächern, die auf meine Schultern drücken, und die Umarmungen der kleinen grauen Tränen am Ufer, ich hasse das Leben und die Menschen, die in die Berge fahren wollen, sich ein Haus bauen und mir im Garten des Abends die Augen mit Küssen bedecken ... Aber ich liebe den Tod.

Ein ungeheurer Sturm setzt ein.
Dann überblenden auf Morsezeichen.

FUNKER *auf einem anderen Schiff* »Securitas« im Sturm leck geschlagen, Position 236 Grad, 2 Minuten südlicher Breite, minus 17 Grad, 11 Minuten südlicher Länge. Erbitten dringend Hilfe.

STIMME »Securitas«? Nationalität?

FUNKER Nationalität unbekannt.

STIMME Antworten Sie: »Victoria«, Position 193 Grad südlicher Breite, minus 17 Grad, 2 Minuten südlicher Länge. Wechseln Kurs. Kommen mit A. K. zu Hilfe. Haltet aus. Sind in vier Stunden bei Euch. Erbitten laufend Positionsangabe.

Morsezeichen.

FUNKER »Securitas«, SOS, erbitten dringend Hilfe, Position kaum verändert. Sinken über den Bug. Rettungsboote ausgesetzt. Wasser erreicht den Maschinenraum. In höchstens einer Stunde ist alles vorbei.

STIMME Antworten Sie. Haltet aus, sind in drei Stunden bei euch. Kommen mit A. K. Erbitten laufend Positionsangabe.

Morsezeichen.

FUNKER Aus. Der Funkspruch der »Securitas« hat ausgesetzt.

STIMME *laut, als Befehl* Achtung, Ventile schließen. Funkspruch mit allen erreichbaren Schiffen aufrechthalten. Boote freimachen. Höchste Alarmbereitschaft.

Ausblenden.

VERKÄUFER Jetzt müssen Sie doch schon genug gesehen haben.

LAURENZ Warum drehen Sie jetzt das Licht an. Ich möchte den Traum zu Ende sehen. Es ist mein Traum, es ist Anna, ich kenne sie vom Büro . . . wenn ich nur wüßte, was zu tun ist . . .

VERKÄUFER Wie bitte? Anna? . . .

LAURENZ Ich meine das Mädchen auf dem Schiff, das gesunken ist . . . ach, das ist doch gleichgültig jetzt, drehen Sie doch bitte das Licht ab.

VERKÄUFER Wenn Sie es wünschen. Wenn Sie keine Eile haben . . .

Traummusik wieder einblenden.

LAURENZ Jetzt habe ich einen Teil versäumt . . . Alles hat sich verändert. Anna, aber selbst wenn ich auf den Grund des Meeres tauchen müßte: ich hole dich! *Entfernt, mit seltsamer Stimme und Schritten, als ob er durch Wasser ginge.* Anna!

ANNA *seufzend, wie erwachend* Wo bin ich . . . was ist mit mir geschehen? . . . Wer ruft mich? . . .

LAURENZ *näher* Anna . . . daß ich dich gefunden habe! Du bist noch schöner geworden. Deine Haut ist noch weißer, und dein Haar schimmert unter einer Krone von Korallen.

ANNA Liebster . . . was ist mit mir geschehen?

LAURENZ Du bist untergegangen mit allen Matrosen . . . sie schlafen in den Rachen der Haie und auf den rostenden Planken des Schiffes. Aber du lebst, weil ich dich liebe, mein schönes Fischlein. Sieh, ich bring' dir Milch aus den Muscheln und die Früchte des Tangs, ich deck' dir den Tisch mit glänzenden Seesternen und Girlanden aus Algen.

ANNA Du hast das dunkle Wasser und die Tiefe nicht gefürchtet? Du bist zu mir gekommen – trotz allem?

LAURENZ Trotz allem!

ANNA Und du willst bei mir bleiben? Mein Gott, ich verdiene dein Bleiben nicht. Wenn du hier bleibst, wirst du nie mehr in die Berge fahren und nie mehr ein kleines Haus bauen können. Nie werden wir im Garten sitzen und den Mond hinter den Bäumen aufgehen sehen.

LAURENZ Sei still und klag dich nicht an. Ich will nicht mehr in die Berge, und ich will kein Haus für uns. Ich will bei dir bleiben. Denn wo du bist, ist die Welt. Soviel Wärme kann mir die Erde nicht geben wie der Druck deiner kühlen Hand, soviel Liebe lassen mich tausend Menschen nicht spüren wie der Schlag deines Herzens, in dem der Rhythmus des Meeres ist und der feuchte Atem deines Mundes von Ewigkeit zu Ewigkeit. Ja, wir werden ewig jung sein und nie sterben. Wir werden für immer beisammen sein, und nichts soll uns trennen. Unser Haus wird auf den Quellen des Lebens stehen, wir werden in allen Geheimnissen seiner wechselnden Mauern wohnen. Und in den Spiegeln des Grundes kann ich deine schöne Gestalt vertausendfältigt sehen.

ANNA Ich werde dich lieben um deiner Treue willen, und ich werde dir treu sein um deiner Liebe willen.

1. SIRENE *in einer Art Sprechgesang*

Wir liegen umschlungen am Grund,
die Wasser decken uns zu,
wir sind ein einziger Mund
und atmen Vergessen und Ruh.

2. SIRENE

Über uns das schweigende Boot
trägt lächelnd die Erde nach Haus.
Eine Welle von warmem Rot
löscht die kühlere Sonne aus.

1. SIRENE

Wir schlafen und wissen nichts mehr
von verflogenen Stunden am Strand,
umschlungen, wie Muscheln im Meer,
von Perlen, von Traum und von Sand.

ANNA Ich liebe dich um deiner Treue willen und bin dir treu um deiner Liebe willen.

LAURENZ Ich höre den Gesang der Sirenen und weiß, daß du mich liebst, ich sehe dein Schuppenkleid, deine

Halsbänder aus Tang und weiß, daß du mich liebst. Und ich weiß, daß du schön bist und atmest und das Leben und die Welt bist, weil du mich liebst . . .

ANNA . . . weil du mich liebst . . .

LAURENZ . . . weil du mich liebst . . .

ANNA . . . weil du mich liebst . . .

Das »weil du mich liebst« wird von den Wellen »verschwemmt«, so, als ob eine Platte immer wieder abliefe. Die Musik ausblenden.

VERKÄUFER *gähnt* Wollen Sie diesen Traum nehmen?

LAURENZ Ja, ich will ihn haben. Wenn ich das kann. Schreiben Sie mir die Rechnung, bitte.

VERKÄUFER Behalten Sie Platz . . . einen Augenblick, ich will nur meinen Block holen.

LAURENZ Kann ich wirklich . . . oh, ich bin so froh . . .

VERKÄUFER *schreibt* 14 und 3 . . . und 7 . . . so, das macht . . . Ja, einen Monat . . ., wenn ich bitten dürfte.

LAURENZ *unsicher* Wie? Was haben Sie gesagt? Lassen Sie sehen.

VERKÄUFER Ich mache keinen Scherz. Sie haben vielleicht erwartet, mit Geld bezahlen zu können. Aber Sie werden wissen, daß Sie nirgends Träume für Geld bekommen. Sie müssen mit Zeit bezahlen. Träume kosten Zeit, manche sehr viel Zeit. Wir haben einen Traum – vielleicht darf ich ihn Ihnen zeigen –, für den wir ein Leben verlangen.

LAURENZ Ich fürchte, ich habe nicht soviel Zeit, ich werde nicht einmal die Zeit für den kleinen Traum haben. *Beschwörend.* Ich würde Ihnen viel, vielleicht sogar alle meine Ersparnisse dafür geben. Aber ich muß arbeiten, und meine Arbeit geht meiner Zeit vor, und die wenigen Tage, die ich im Winter für mich haben werde, will ich in den Bergen verbringen. Und selbst wenn ich auf diese

Erholung verzichtete, reicht meine Zeit nicht, um diesen teuren Traum zu bezahlen. *Verwirrt.* Wie spät ist es eigentlich? Meine Uhr ist stehengeblieben. Ich glaube, ich, es muß schon sehr spät sein.

VERKÄUFER Es wird gleich halb acht Uhr sein.

LAURENZ *unschlüssig* So, so, halb acht Uhr.

VERKÄUFER Ich muß schließen. Ich habe sonst nur bis sechs Uhr morgens offen. Von Sechs bis Sechs. Auch keine leichte Arbeit. *Er gähnt.*

LAURENZ Da muß ich ja ... nein, das ist ja nicht möglich. Halb acht Uhr früh! Ich muß sofort ins Büro, um Gottes willen, wenn ich nur nicht zu spät komme!

VERKÄUFER Und den Traum nehmen Sie also nicht?

LAURENZ Auf Wieder ... Danke schön, verzeihen Sie ... aber das geht wirklich über meine Verhältnisse. Unsereins kann sich das nicht leisten ... verzeihen Sie ... ja ... dann also ...

VERKÄUFER *sperrt die Tür auf.*

LAURENZ *– während er hinaustritt, setzt der Straßenlärm wieder ein –* Nochmals: vielen Dank.

VERKÄUFER Bitte, bitte.

Tür zu.

LAURENZ *geht über die Straße* Herr Inspektor, verzeihen Sie bitte, ist es wirklich schon halb acht Uhr früh?

WACHMANN Sin' S' b'soffen? Natürlich is halb acht. Was wollen S' denn?

LAURENZ Nichts. Danke. *Läuft schnell.* Ich muß schnell in mein Büro. *Ruft.* Taxi! *Ein Auto fährt rasch vorbei.* ... weg ... Herr Inspektor, wo ist denn der nächste Taxistand?

WACHMANN Am Stephansplatz . . . wenn S' die zweite Straßen links gehen . . . und dann rechts halten.

LAURENZ Danke, danke, ich weiß schon . . . aber da bin ich ja schneller zu Fuß. *Fängt zu laufen an, Straßenlärm, läuft weiter.*

Tor auf, in das Vorhaus des Büros hinein.

LAURENZ *atemlos* Guten Morgen, Herr Nowak . . . Sind die Herren schon im Haus?

NOWAK Ja, was ist denn mit Ihnen? Heut sind Sie aber spät dran. Der Herr Mandl ist schon oben und der Chef auch. Ich hab ihm die Schlüssel gegeben, ich hab gedacht, Sie sind vielleicht krank.

LAURENZ Nein, nein . . . *Läuft weiter, die Treppe hinauf.* Guten Morgen, Herr Sperl.

SPERL *im Vorübergehen* Guten Morgen.

LAURENZ Guten Morgen, Fräulein . . .

FRÄULEIN Guten Morgen.

LAURENZ *reißt eine Tür auf* Guten Morgen, Fräulein . . . Anna.

ANNA Ja, guten Morgen, Herr Laurenz. Was ist denn das . . . so spät kommen Sie. So war das gestern aber nicht gemeint vom Chef . . . daß Sie gleich um . . . fast elf Minuten zu spät kommen.

LAURENZ Fräulein Anna . . . die . . . die Schreibmaschine . . . gleich trag ich sie . . . richtig, das E . . .

MANDL Ja, hallo, mein Lieber. Wo waren Sie denn gestern? Ich hab die ganze Gegend abgesucht nach Ihnen . . . am Kai waren Sie auch nicht . . . was haben Sie denn gemacht . . . na, heraus mit der Sprache.

LAURENZ Ich möchte es bitte . . . nicht sagen . . .

MANDL *überhört das völlig* Stellen Sie sich vor, ich habe dann doch das grüne Seidentuch gekauft. Fräulein Anna, wissen Sie, beim Ferez.

ANNA Diese Seidentücher beim Ferez, die sind ja entzükkend . . . übrigens, Laurenz, Sie sollen sofort zum Chef kommen.

LAURENZ Ja?

ANNA *gleich weiter* Beim Ferez, die sind ja traumhaft . . .

Das Wort »traumhaft« hallt jetzt bis zum Schluß durch Filter nach.

GENERALDIREKTOR Laurenz, wo bleiben Sie denn!

LAURENZ Ja, ich komme schon, Herr Generaldirektor.

Die Zikaden

Die Stimmen

Der Erzähler
Robinson
Der Gefangene
Antonio
Benedikt
Mrs. Helen Brown
Mr. Charles Brown
Salvatore
Prinz Ali
Jeanette
Stefano
Eine Frauenstimme, zärtlich und hell
Eine Frauenstimme, spröd und alt
Eine Männerstimme
Eine zweite Männerstimme

Anmerkung

Keine der Personen soll deklamieren oder in den Text Geheimnisse hineinlegen, die nicht vorhanden sind.

ERZÄHLER *Er erzählt wirklich, ganz einfach, manchmal referiert er auch nur unpersönlich; wo er persönlich wird (sich auf seine Person oder seine Erfahrungen bezieht), tut er es mit viel Understatement. Wo er etwa über Mrs. Brown spricht oder andere Personen, soll er nur ganz wenig ironisch werden oder besser: es soll nur der Eindruck von leichter Ironie entstehen, der sich aus dem Text selbst ergibt. Die letzten Sätze, die Geschichte der Zikaden, wird ganz einfach erzählt – »so und so ist es und nicht anders« –, mit der anonymen Einfachheit einer Sage.*

ANTONIO *Das »Ja« Antonios denke ich mir in vielen Nuancen abgewandelt, vom gelangweilten bis zum verschlafenen, vom unsicheren bis zum devoten Ja – allerdings weiß ich nicht, ob nicht auch ein stereotypes Ja seine Wirkung hätte. Jede Szene mit Antonio beginnt »normal«. Dann kommt die Musik. Die Szene beginnt wieder von vorn (d. h. der Text wiederholt sich bis auf das »Es ist gut, Antonio«). Diese Szene soll zwar einen besonderen Charakter haben, sich von dem beiläufigen, realistischen Anfang abheben, aber nicht »irreal« werden, denn es sind ja konkrete Wünsche, die darin zum Ausdruck kommen. Ich denke mir diese Szenen alle von großer Intimität, die Stimmen kommen von ganz nah, klingen, als ob jemand einem etwas ins Ohr sagen würde.*

In der letzten Szene mit Antonio, wo er und Benedikt miteinander sprechen und Antonio wieder sein »Ja« hat, normaler Innenraum. Keine Wunschszene.

ROBINSON *Zögernd, widerwillig. Jemand, der nicht gern reden möchte, aber froh ist, reden zu können.*

DER GEFANGENE *Wechselt zwischen Ernsthaftigkeit und*

Ironie. Er ist der einzige, der manchmal »laut« wird, intensiv, eine Spur dem Theater nahekommt, etwa wo er über die Inselnacht spricht. Er ist sehr »frei« in allem, was er sagt, sagt es »heraus«, denn er hat ja nichts zu verlieren.

MR. BROWN *Schwerfällig, ältere Stimme, ein bißchen »Atem holend« manchmal.*

MRS. BROWN *Eine Dame, junge Stimme, vielleicht etwas heisere Stimme.*

PRINZ ALI *Junge Stimme.*

JEANETTE *Nicht mehr jung, preziös, stilisiert.*

SALVATORE *In der Szene mit Antonio zwar auch betrunken, aber er spricht wie ein Betrunkener in seinem lichten Moment.*

STEFANO *Für diesen Part soll möglichst* kein *Kind genommen werden, sondern ein junger Schauspieler, der eine sehr jungenhafte Stimme hat, denn Stefano soll weder »herzig« noch rührend wirken. Was er sagt, klingt hell, eindringlich, auch einfältig, aber nicht kindisch. Er weiß ganz genau, was er sagt.*

BENEDIKT *Nicht mehr jung, ein bißchen fröhlich, ein bißchen traurig, also weise und sehr menschlich. Er braucht auch Antonio nicht so sehr als Partner wie die anderen – hat eine durchaus normale freundschaftliche Beziehung zu ihm.*

Da das Stück kaum auf zeitliche Aufeinanderfolge angewiesen ist, soll es, wenn die Musik dazukommt, keine Übergänge mehr geben – das heißt, die Musik soll nicht als Musikbrücke verwendet werden, sondern nahtlos unter- und eingelegt werden. Die Musik ist nur dort allein da, wo sie den Text folgerichtig ablöst, also wo der Erzähler sie verlangt oder wenn die Szenen mit Antonio von ihr unterbrochen werden und dann erst richtig beginnen.

ERZÄHLER Es erklingt eine Musik, die wir schon einmal gehört haben. Aber das ist lange her. Ich weiß nicht, wann und wo es war. Eine Musik ohne Melodie, von keiner Flöte, keiner Maultrommel gespielt. Sie kam im Sommer aus der Erde, wenn die Sonne verzweifelt hoch stand, der Mittag aus seiner Begrifflichkeit stieg und in die Zeit eintrat. Sie kam aus dem Gebüsch und den Bäumen. Denk dir erhitzte, rasende Töne, zu kurz gestrichen auf den gespannten Saiten der Luft, oder Laute, aus ausgetrockneten Kehlen gestoßen – ja auch an einen nicht mehr menschlichen, wilden, frenetischen Gesang müßte man denken. Aber ich kann mich nicht erinnern. Und du kannst es auch nicht. Oder sag, wann das war! Wann und wo?

Die Musik hat schon begonnen und ist stark geworden wie ein Schmerz. Und sie hört auf wie ein Schmerz; man ist froh darüber.

ERZÄHLER Wir hören die Musik wieder auf einer Insel. Diese Insel ist nicht sehr groß. Im Hafen kommt mittags ein Schiff an und bringt die Leute zurück, die am Vortag zur nächsten größeren Stadt ans Festland gefahren sind. Auf dem Mittagsschiff stehen heute ein paar junge Burschen an der Reling, die im Herbst zum Militär müssen. Der Arzt hat sie tauglich gefunden; und sie sind auch braungebrannt und gesund und würden zu jeder Arbeit gern genommen werden. Sie beugen sich über die Reling und spucken ins Wasser, und der kleinste von ihnen spuckt am weitesten. Auf der Bank, die ums Heck führt, hat sich eine Bäuerin ausgestreckt, die ihre Verwandten in der Stadt besucht hat. Sie liegt mit dem Gesicht zur Lehne. Der schwarze Lumpen, in dem sie steckt, ist bis an ihre Knie hinaufgerutscht, und ihre nackten Beine sind zu sehen, die Haut, fleckig und zerrissen, als wäre sie durch Brombeeren gegangen. Sie schläft, denn sie hat nichts mehr zu sehen. Es sind immer derselbe Himmel und dasselbe Meer da. Der Besitzer des konkurrenzlosen Hotels in der kleinen Hafenstadt spielt mit den beiden Carabinieri, die auf der Insel Dienst tun werden, Karten. Könige und Damen, Buben und Asse werden auf die Bank geknallt, und drei angestrengte Gesichter erglänzen im Schweiß; der wird mit einem Rockärmel abgewischt.

Aber warum spreche ich von diesen Leuten? Ich kenne sie ja nicht. Und die meisten auf dem Schiff sind Fremde, mit Gesichtern, in die viele Grenzübertritte gestempelt sind. Sie kommen aus der ganzen Welt. Und ich kenne sie alle.

Denn es sind noch immer die Schiffbrüchigen, die auf Inseln Zuflucht suchen.

Man wird mir erwidern: es trägt sie doch ein weißes, mit fröhlichen Wimpeln besetztes Schiff herüber; sie haben große, volle Koffer zur Hand; sie sind barhäuptig und tragen bunte, flatternde Halstücher und an den Füßen luftige Sandalen. Und ich erwidre: man sieht es ihnen nur nicht an, daß sie schon ohne Kraft sind und am Ufer hinsinken werden, wenn keiner ihnen zusieht, mit geschlossenen Augen, und daß sie Gott danken werden für ihre wunderbare Rettung.

Sie alle wissen nichts von der Insel, die sie für ein Stück Erde höherer Ordnung halten; sie sehen zurück auf den Kontinent, diesen grauen Klebstreifen am Horizont, dem sie entronnen sind, und sie danken Gott dafür, daß er das Meer zwischen sie und das Land gelegt hat. Mit einer Fahrkarte und einem Paß in der Tasche, mit wenig oder viel Geld für die kommende Zeit erreichen sie ihr Ziel und sind voll von Mißtrauen gegen ihresgleichen. Darum spricht keiner mit dem andern. Aber das wird sich ändern nach einer Weile – in der »kommenden

Zeit«, wie sie meinen. Sie werden dann verstreut über die Insel wohnen und versuchen, ein neues Leben zu beginnen. Und die Zeit wird kommen.
Später – viel später – weiß der eine und der andere, daß das Mittagsschiff weiter muß. Es liegt nur eine Stunde im Hafen und zieht dann eine Schleife ins Meer hinaus. Wer sollte auch auf den Gedanken kommen! Es fährt ja keiner so weit. Die zweite Insel, die das Schiff berührt, ist viel kleiner. Feigen und Wein gedeihen dort nicht. Die Insel ist felsig, und die braunen saftlosen Grasbüschel, die sich hervortrauen, könnte man zählen. Aber das lohnt nicht. Man hält sich besser an die hohen kräftigen Kakteen mit ihren fingerlangen Stacheln, die gegen den Himmel die Erde vertreten.
Dies ist ein Ort der Erlösung. So steht es auf dem Transparent geschrieben, das an zwei rostigen Stangen links und rechts der kleinen Bucht festgemacht ist. Nur ein Boot liegt da, an einem Felshaken vertäut. Das Mittagsschiff legt hier nicht an. Es bleibt zweihundert Meter weit draußen auf dem offenen Meer liegen und wartet, bis ein paar Männer von der Wachmannschaft ins Boot springen, herüberrudern und die Post, die Kisten mit der Verpflegung und Hausrat holen, manchmal auch einen Menschen mit einem Papier, das ihm erlaubt, einen Tag lang auf der Insel zu bleiben. Das geschieht selten. Denn die hier auf Erlösung warten, setzen zuviel oder zuwenig Hoffnung auf einen, der kommt, auf eine Stunde seines äußersten Lächelns und seiner wahrhaftigsten Tränen. Sie haben nichts mehr, um der Madonna zu opfern, zu deren Füßen in der Kapelle unter der Erde das Licht ewig brennt wie am Quadrat des Himmels, das den Hof deckt, die Sonne.
Es gibt auf dieser Insel zwölf Mann Wachmannschaft und fünfmal soviel Bewachte. Auch hier ist die Musik zu hören, mittags, wenn die Sonne ergeben im Zenit steht.

Musik.

Das Schiff, das mittags kommt, ist ein Mittler. In seinem Bauch, in einer dunklen Ecke, liegen zwei Postsäcke. Für jede Insel einer. In dem größeren Sack tragen die Briefe schöne, lustige Marken, und wenn man sie gegen das Licht hielte, könnte man sie lesen.

EINE FRAUENSTIMME, ZÄRTLICH UND HELL ... weiß Gott, was diesmal in dich gefahren ist, und nun mußt du auf dieser Insel leben, o so warst du immer, immer, immer, o du Pirat, und was würdest du sagen, wenn ich doch eines Tags nachkäme und dich zurückholte, ehe der Vulkan Feuer speit und du vergiftet von dem Zisternenwasser und den Selbstgesprächen und weiß Gott, wie du das aushältst Tag und Nacht ...

ERZÄHLER In dem kleineren Sack sind die Briefe zerknittert und von Schatten verschmiert. Sie sehen aus, als hätten die Leute, die sie schrieben, sie nicht gleich eingeworfen, sondern eine Weile mit sich herumgetragen und jede Zeile hundertmal überdacht.

EINE FRAUENSTIMME, SPRÖD UND ALT ... Tag und Nacht, weiß Gott! Ich sitze mit den Kindern beim Essen; es ist kalt geworden, obwohl der Hunger groß ist. Einige sagen, die Madonna weine wieder Blut; so könnten wir sie bitten um deine Freiheit, aber es wird eben nie sein, nie, nie, nie, manche sagen, die Insel sei die Hölle und es habe keinen Sinn mehr, ein Gnadengesuch zu machen, andere sagen, wir sollten die Hoffnung nicht aufgeben. Welche Hoffnung, da es an allem fehlt? Ich werde wieder nicht kommen können in diesem Jahr. So sind wir wohl alle miteinander verdammt, seit dieses Unglück über uns gekommen ist ...

ERZÄHLER Morgen wird jeder seinen Brief bekommen. Aber was heißt »morgen« auf den Inseln? Kommt doch ein Tag wie der andere, ein großes einmaliges Heute nach dem andern herauf. Langsam wird »morgen« der riesige Scheinwerfer, noch ehe er selbst sichtbar geworden ist, einen glänzenden Laufsteg vom Horizont zum Ufer hinüberwerfen. Wenn er höher steigt, verschleiert sich das Land; es wird dunstig und so hell, daß die Dinge ihre Gestalt aufgeben und konturenlos im Licht schwimmen. Mittags erreichen Stille und Hitze, von der Helle unterstützt, ihren Höhepunkt, und wenn die Helle ganz dünn und zerbrechlich geworden ist und die Insel unter ihrem Glasdach dampft, steht ein Mann mit einem Brief in der Hand unter dem Schilfrohrdach seiner Terrasse. Er läßt die Hand sinken und lehnt sich an die weißgetünchte Wand des kleinen Hauses, denn er kann jetzt nicht denken. Er erwartet angespannt den ersten Ton, den ersten schrillen Laut der ersten Zikade, eh tausend andre Töne über diesen Ton herfallen und ihn und die Stille zerreißen.

Musik.

EINE FRAUENSTIMME, ZÄRTLICH UND HELL ... und nun mußt du auf dieser Insel leben ... O du Pirat ... und was würdest du sagen ... und du, vergiftet von Selbstgesprächen ...

Musik.

Auf der Terrasse

ROBINSON Wer sind Sie?
DER GEFANGENE Einer, der erst Atem holen muß.
ROBINSON Wie sehen Sie denn aus?
DER GEFANGENE Nicht vorteilhaft. Ein Schwertfisch hat

sich an meinem Haar zu schaffen gemacht. Aber das Kostüm ist in Mode, glauben Sie mir. Nackt schwimmt es sich besser auf langen Strecken. Und man überholt die Nacht leichter, wenn man mit ihr um die Wette schwimmt. Fett setzt man freilich keines dabei an.

ROBINSON Sind Sie sicher, daß Sie zu mir wollen? Und was suchen Sie eigentlich?

DER GEFANGENE Wollen Sie mir nicht zuerst Ihren Bademantel geben? Sie sehen doch, daß ich am ganzen Leib zittre. Ich will Sie auch von dem Anblick befreien.

ROBINSON Bitte. Der Mantel.

DER GEFANGENE Wollen Sie mich nicht fragen, ob ich mich setzen möchte? Die Anstrengung war groß und ungewohnt.

ROBINSON Bitte, setzen Sie sich. Oder wollen Sie nicht lieber . . . *Er zögert.*

DER GEFANGENE Ob ich nicht lieber ins Haus kommen möchte? Gewiß. Gern.

ROBINSON Ich habe nichts dergleichen gesagt. Sie sind mir noch eine Erklärung schuldig.

DER GEFANGENE Sie sind von Natur aus mißtrauisch?

ROBINSON Es genügt, daß ich's geworden bin. Seit Wochen hat niemand den Fuß auf meine Schwelle gesetzt.

DER GEFANGENE Mein Besuch wird keine gesellschaftlichen Verpflichtungen nach sich ziehen. Falls Sie das meinen. Und Ihrem Mißtrauen habe ich nur mein Vertrauen entgegenzusetzen. Es ist Mittagszeit. Sie werden essen wollen. Auch ich habe Hunger, und ich bin nicht anspruchsvoll. Wir waren dort auf schmale Kost gesetzt.

ROBINSON Sie wollen zum Essen bleiben? Gut. Sie wollen sich setzen? Gut. Mit ins Haus kommen? Gut. Meinen Bademantel? Ja. Vielleicht darf ich Ihnen auch mit etwas Wäsche aushelfen, Ihnen meinen Anzug geben, weil Sie den Ihren verloren haben, weil man Ihnen alles gestohlen hat oder weiß Gott, irgendeine Geschichte wird sich schon finden . . .

DER GEFANGENE Alles wird sich finden. Aber über den Anzug können wir später in Ruhe sprechen. Ich glaube, Sie haben ein gutes Herz, mein Herr.

ROBINSON So kommen Sie. Der Tisch ist schon gedeckt.

DER GEFANGENE Vergessen Sie Ihren Brief nicht; er ist zu Boden gefallen.

ROBINSON Er kann liegen bleiben.

DER GEFANGENE Dann muß ich ihn wohl aufheben. Sehen Sie, wie ich zittre. Aber ich bücke mich gern, um einen Brief aufzuheben.

ROBINSON Kommen Sie.

DER GEFANGENE Eine Frage: haben Sie jemand im Haus, Gefährtin, Freund oder dienstfertiges Wesen?

ROBINSON Wieso?

DER GEFANGENE Es ist von einiger Wichtigkeit für mich, das zu wissen. Ich hätte nicht gern noch jemand eingeweiht.

Im Haus

DER GEFANGENE Die Frage war müßig. Ich seh's: man ist allein. Es war einmal eine Insel, auf die verschlug's Robinson, und er baute sich eine Hütte aus den Steinen, die eine gütige Natur verschwenderisch ausgesetzt hatte, verwarf die Mauern mit Schlamm und färbte die Wände mit der blassen Milch der Kokosnüsse; er wand sich ein tierdunstwarmes Fell um die Hüften, stach nach den Affen und briet die zutraulichen Haie, die er mit bloßen Händen gefangen hatte; er sprach mit Eidechs und Krabbe über Gott und die Welt, trachtete nach dem unbewegten Profil der Felsen und teilte die feierliche Einsamkeit seines Herzens mit Flut und Ebbe. Er sah ins Weite, und eine alte Schrift erschien am Himmel, quer auf der Kulisse der Unendlichkeit: Du bist Orplid, mein Land!

ROBINSON Was sagten Sie?

DER GEFANGENE Du bist Orplid, mein Land.

ROBINSON Ich habe nie davon gehört.

DER GEFANGENE Ich bin dort gewesen. Es ist dies ein Ort der Erlösung.

ROBINSON Ich verstehe nicht.

DER GEFANGENE Was sehen Sie, wenn Sie auf der Terrasse stehen und aufs Meer hinausschauen?

ROBINSON Was soll ich sehen? Das Meer, leicht gekräuselt. Oder plötzlich Wellen weit draußen sich erheben, stürzen und sich wieder erheben, mit weißen Schaumkämmen auffliegen und Glanz zerstäubend in sich zusammenbrechen.

DER GEFANGENE Sonst sehen Sie nichts? Auch an klaren Tagen nichts?

ROBINSON Ich sehe den Himmel . . .

DER GEFANGENE Sonst sehen Sie nichts? Ich werde Ihnen sagen, was Sie sehen: eine Insel, deren Größe sich leicht abschätzen läßt, wenn man von hier hinübersieht und abwechslungsweise in geographischen Kategorien denkt.

ROBINSON Die kleine Insel dort, natürlich. Manchmal ist sie sehr gut zu erkennen. An klaren Tagen.

DER GEFANGENE Wollen wir annehmen, daß ich von dort komme?

ROBINSON Ach, ich verstehe. Und Sie sind die ganze Strecke geschwommen? Unerhört.

DER GEFANGENE Nein, Sie verstehen nicht. Aber hören Sie zu: Kurz nach Mitternacht war es soweit. Über ein Jahr habe ich an diesen einen Augenblick gedacht, von dem ich die Uhrzeit nie wissen werde, nie die Konstellation der Sterne am Himmel. Ich glaube, ich hatte ihn so gut vorbereitet, daß der Weg über den Felsen nach dem lautlosen Ausbruch vorher mir wie eine Wiederholung schien, ein Weg, den ich in Gedanken schon so oft gegangen war, daß ich ihn ohne Verwunderung – nicht zu rasch, nicht zu langsam – nahm. Der Teil des Augenblicks jedoch, in dem ich auf dem niedrigsten Felsen der Klippenwand angelangt war und die Arme hob und sprang, war neu. Er kann sich nicht wiederholen. Ich muß zwölf Stunden geschwommen sein, nackt und wehrlos. Ich neidete den andren die Zellen, die Geruhsamkeit in diesen Stunden. Daß ich die Wette nicht verlor und die Nacht überholte, rührt vielleicht daher, daß mein Verstand nie still stand, wenn mein Herz es tat, weil es sich berührt, betastet, umgarnt vom Wasser und Dingen im Wasser fühlte.

ROBINSON Was muß ich tun, wenn ich Ihnen glaube?

DER GEFANGENE Das Einfachste: Die Oliven in die Mitte des Tisches stellen. Mir ein Stück Fisch vorlegen. Die Feigen und den Käse für den Nachtisch bringen. Ein bißchen Salz noch. Ein bißchen Pfeffer. Unsre Gläser sind leer geworden. Es muß nachgeschenkt werden.

ROBINSON Sie wissen nicht, was Sie reden! Was, allen Ernstes, soll jetzt geschehen? Ist's nicht so, daß sich einer strafbar macht durch Mithilfe an der Flucht?

DER GEFANGENE Vor allem durch die Flucht selbst.

ROBINSON Was, in Gottes Namen, soll jetzt geschehen?

DER GEFANGENE Ich werde noch eine Weile hierbleiben, Ihnen aber wenig Ungelegenheiten machen. Meiner Diskretion können Sie sicher sein. Ihren Anzug muß ich mir allerdings ansehen. Wenn er mir paßt, werde ich ihn nehmen. Ein Geschenk unter Brüdern. Dann werden Sie mich aufs Schiff bringen, das mittags kommt –

ROBINSON – dann eine Schleife ins Meer hinauszieht, wiederkommt –

DER GEFANGENE – und schließlich ans Festland zurückfährt. Ein fröhliches Schiff!

ROBINSON Im Hafen tun zwei Carabinieri Dienst.

DER GEFANGENE Ihr Anzug wird mir gut zu Gesicht stehen. Einen Hut werden Sie wohl auch mitgebracht haben von drüben. Brauchen werden Sie ihn vermutlich nicht mehr. Sie wollen hier bleiben? Oder irr ich mich?

ROBINSON Ja, ich will bleiben. *Pause.* Wie lange waren Sie »dort«?

DER GEFANGENE Lebenslänglich.

ROBINSON Man kann sich der Strafe nicht entziehen.

DER GEFANGENE Man kann sich der Welt nicht entziehen.

ROBINSON Ich sprach von Ihrem Fall.

DER GEFANGENE Ich sprach von unserem Fall. Es fiel mir so ein.

ROBINSON Hier ist eine Insel. Und ich habe das Vergessen gesucht.

Musik.

ERZÄHLER Er ist nicht der einzige hier. Vielleicht nur der einzige, der ein wenig zu weit geht. Er liest nicht einmal die Zeitung, obwohl es ihm schwerfällt – nein, ich meine nicht die Zeitung von »drüben«. Das bringen viele übers Herz. Ich meine den »Inselboten«, dieses Einmannblatt, das schon seit vielen Jahren bei Benedikt in guten Händen ist, der weiß, was seine Leser erwarten. Keine Politik, keine Börsenberichte. Obwohl es ihm also schwerfällt, liest unser Mann die Zeitung nicht, sonst wüßte er, daß er nicht der einzige ist. Falls er sie zu lesen verstünde. Aber er hört Antonios herrliche Stimme, wenn der Bursche mittags das Blatt in der Gegend austrägt, und sie erfüllt ihm die Nachrichten und Meldungen mit dem barbarischen Zauber alter Jagdrufe.

ANTONIO *von fern* Mrs. Brown läuft Wasserski! Mrs. Brown läuft Wasserski!

ERZÄHLER Mrs. Brown fährt Wasserski – übers salzweiße Wasser, den Hang vor der Bucht hinauf und hinunter. Manchmal spürt sie, daß die Decke nachgibt, und stemmt sich mit aller Kraft gegen den Wind. Sie befürchtet, daß sie über die Schaumwurzeln und in die großen schwarzen Wannen fallen könnte, in denen einer vor ihr ertrunken ist. Und sie fürchtet die Strömungen, die zuerst an ihrem Herzen zerren. Sie ist blond und heldenhaft, ein Heldenmädchen mit einer silbernen Badekappe, fünfmal geschieden, fünfmal vernichtet von den Gewohnheiten ihrer Männer, dem Zuviel und Zuwenig, den Whiskylippen, den tabakbraunen Fingern, dem Nachtschweiß und dem Lavendelgeruch auf glatten Morgengesichtern, den zelebrierten Scheckbuchunterzeichnungen. Von Antonio weiß ich übrigens nichts, außer daß er neben dem Zeitungsvertrieb noch viele Geschäfte macht. Eins seiner einträglichsten besteht in diesem Sommer darin, Mrs. Browns Motorboot zu fahren und sie, wenn sie erschöpft die Schlaufen löst und ans Ufer taumelt, zu stützen.

MRS. BROWN Antonio?

ANTONIO Ja, Mrs. Brown.

MRS. BROWN Es ist gut, Antonio.

Musik.

MRS. BROWN Antonio?

ANTONIO Ja, Mrs. Brown.

MRS. BROWN Die Mädchen ziehen die Schuhe aus, wenn sie mit dir tanzen?

ANTONIO Ja, Mrs. Brown.

MRS. BROWN Und wenn der Tanz zu Ende ist, läßt du sie

auf bloßen Füßen stehen und gehst zu den Musikanten. Du bestellst dir ein Lied, zu dem nur du den Text weißt, und siehst die Mädchen kein einziges Mal an. Du singst.

ANTONIO Ja, Mrs. Brown.

MRS. BROWN Du hast die schönste Stimme, die ich je gehört habe, Antonio. Meine Stimme ist grau und stumpf. Die meisten Töne sind ihr ausgefallen. Würdest du wohl einmal für mich singen, Antonio?

ANTONIO Ja, Mrs. Brown.

MRS. BROWN Dann würd ich dich fragen, ob für mich ein Platz in deinem Boot ist, wenn du nachts hinausfährst und die Netze auswirfst.

ANTONIO Ja, Mrs. Brown.

MRS. BROWN Könnt ich, wenn wir weit genug draußen sind, die Lampe ins Meer werfen? Könnt ich die Lampe ins Meer werfen, wenn alle Fische im Netz sind?

ANTONIO Ja, Mrs. Brown.

MRS. BROWN *geheimnisvoll* Als ich das Kind haben sollte, haben sie's mir genommen. Wenn ein Kind auf die Welt kommt, schreit es; aber ich habe seine Stimme nie gehört. Sie haben mir das Kind und die Stimme genommen. Das ist es. Verstehst du, Antonio?

ANTONIO Ja, Mrs. Brown.

MRS. BROWN Aber du glaubst doch nicht, daß es zu spät ist, Antonio? Glaubst du, daß der Wind dreht, wenn wir zurückkommen? Glaubst du, daß ich in der Bar vor den Augen aller alle Gläser zerschlagen werde, daß sie klingen, und zu dir hinüber geh?

ANTONIO Ja, Mrs. Brown.

MRS. BROWN Werden die bloßen Füße mir brennen? Werden die Tränen mir kommen, wenn ich mein Gesicht an dein Hemd lege, ins Salz, in die Schuppen? Werd ich tanzen können unter Tränen?

ANTONIO Ja, Mrs. Brown.

MRS. BROWN Und werd ich singen können? Ja, ich werd

wieder singen können und sprechen mit meiner alten Stimme, Antonio!

ANTONIO Nein, Mrs. Brown!
Nein, Mrs. Brown!

Musik.

ANTONIO *von fern* Mr. Brown auf Unterwasserjagd!
Mr. Brown auf Unterwasserjagd!

ERZÄHLER Mr. Brown der fünfte aus Illinois ist bald sechzig, und die Herzattacken stellen sich immer regelmäßiger ein. Er geht unters Wasser mit Flossen und Maske und ficht mit den schärfsten Harpunen gegen die andrängenden Bilder. Die nature morte – Seegras, Seestern und Seeigelnapf – kennt er gut, die Auswüchse enigmatischer Gebirge, die grünen Schluchten mit gespreizten Korallen und stehenden Fischen. Aber er wartet auf den neunfüßigen Polypen, der in vielen Gestalten unten umgeht. Sein Haus hängt voll von Jagdtrophäen, Köpfen von Triglien und Seezungen, und hin und wieder sagt er zu Helen Brown, deren Gegenwart er meidet:

MR. BROWN Ja, meine Liebe, ja. Der Wolf ist noch nicht erlegt. Du brauchst drum beim Essen nicht mit mir zu rechnen.

ERZÄHLER Und er meint, wenn er sein Herz im Wasser weitet und kühlt, er müßte tiefer tauchen können, bis zu dem Tanggrab eines waffengrauen Kreuzers und durch eine lichte Welle die Bänder von der Matrosenkappe wehen sehen, die dem kleinen Sergeanten Brown gehört hatte, der sein und einer früheren Mrs. Brown Sohn war. Er meint, das müßte sein, wenn den Muscheln der Mund aufspringt und eine Woge Blau ihm den Wolf über den Weg schickt, der hinter den Matrosenkappen her ist. Von Antonio weiß ich übrigens, daß er Mr. Browns Harpunen in Ordnung hält und dasteht wie ein Pflock, an den man ein Boot binden könnte, wenn Mr. Brown aus dem Wasser steigt, mit Fischköpfen am Gurt.

MR. BROWN Antonio?
ANTONIO Ja, Mr. Brown.
MR. BROWN Es ist gut, Antonio.

Musik.

MR. BROWN Antonio?
ANTONIO Ja, Mr. Brown.
MR. BROWN Wenn einer lang genug unterm Wasser gelegen ist, könnte man sagen, er sei tot.
ANTONIO Ja, Mr. Brown.
MR. BROWN Glaubst du, Antonio, daß du eines Tages den Weg vom Strand heraufkommen, ohne anzuklopfen in mein Haus treten und sagen könntest: da bin ich?
ANTONIO Ja, Mr. Brown.
MR. BROWN Glaubst du, daß ich nur deshalb ein großes Vermögen gemacht habe, um's auf den Tisch zu werfen als Ablöse? Daß ich sagen würd: Hier, meine Herren! Das und noch mehr ist mir mein Sohn wert. Es werden sich andre finden. Denn er ist nicht gemacht für euren Krieg!
ANTONIO Ja, Mr. Brown.
MR. BROWN *vertraulich* Was meinst du: ob wir wohl Helen sagen, daß wir sie nicht mehr brauchen mit ihren dramatischen Ansprüchen und den Kampfansagen metallener Badekappen?
ANTONIO Ja, Mr. Brown.
MR. BROWN Ob wir wohl für immer hierbleiben und im Winter über den Weinberg schauen, wenn keiner mehr sich drin bückt nach den Trauben; ob wir bei einem Glas

Wein auf der Terrasse sitzen, ein Stück Holz nehmen und beide das kürzere ziehen? Wer muß jetzt in den Keller gehen und die nächste Flasche vollaufen lassen? Laß uns also miteinander gehen.

ANTONIO Ja, Mr. Brown.

MR. BROWN Natürlich wär's dann Zeit, die Pfeifen hervorzuholen und zu putzen und zu sagen: Ja, mein Sohn. Ja, Vater. Wir haben den Wolf erlegt. Dem ist das Feuer im Rachen ausgegangen! Der bläst keinen Rauch mehr aus den Nüstern!

ANTONIO Ja, Mr. Brown.

MR. BROWN Natürlich hätt ich dann Lust, noch einmal unter Wasser zu gehen und nach dem Namen des Kreuzers zu sehen. Aber nur damit ich mir den Arm, wo er ganz glatt geblieben ist über den Muskeln, tätowieren lassen kann. Das Datum, den Ort im Anker und den Namen darunter – als rührt' es von einer Liebesnacht.

ANTONIO Ja, Mr. Brown.

MR. BROWN Weißt du, wie einem zumute ist, der mehr hergegeben hat, als er zu geben hatte?

ANTONIO Ja, Mr. Brown.

MR. BROWN Ein Sohn ist mehr, als man hat, und ein Weinberg wär ein schönes Erbe für ihn. Man gibt die Ablöse gern. Meinst du nicht?

ANTONIO Ja, Mr. Brown.

MR. BROWN Ich habe nie schöneres Haar gesehen als deins. Das war mir mein Sohn nicht schuldig. Meins ist schon ganz licht. O geliebte Dunkelheit deiner Haare!

ANTONIO Ja, Mr. Brown.

MR. BROWN Dann würd ich wohl tun können, was ich nie konnte: dein Gesicht hernehmen mit beiden Händen und dir das Haus zeigen, dich fragen: bist du da? Bist du wirklich da?

ANTONIO Nein, Mr. Brown!
Nein, Mr. Brown!

Musik.

ANTONIO *von fern* Salvatore stellt aus! Salvatore lädt ein!

ERZÄHLER Ich vergaß zu sagen, daß Antonio jedes Jahr um diese Zeit auch Salvatore hilft. Er trägt die frischgerahmten Bilder aus dem Haus des Malers in Lavinias Bar, schlägt dort Nägel in die Wände und hängt den Kram nach eigenem Gutdünken auf. Denn auf Salvatores Anweisungen zu hören, hätte wenig Sinn für ihn. Er lehnt doch nur betrunken an der Theke und schreit Antonio an.

SALVATORE Platz da! Zwischen dem Sonnenaufgang und dem Sonnenuntergang, laß Platz, Antonio! Und schlag den letzten Nagel ein, wo Platz ist! Da hängst du dann wohl mich auf? Ich kenne dich, Antonio. Du meinst wohl, ich häng' mich auf?

ERZÄHLER Salvatore heißt »Retter«. Diesen Namen hatten dem Maler die paar jungen Leute gegeben, mit denen er auf die Insel kam, denn er wollte sie aus irgendwelchen Konventionen lösen, den Konventionen einer Klasse, eines Lands, einer Akademie. Die Jungen gingen bald wieder zurück. Früher hieß er natürlich Eckstein oder Erikson – wie Schweden oder Norweger eben heißen; er war einer von den dunkelhaarigen, starkschultrigen, die es leicht aufschwemmt. Die Leute hier nennen ihn die Qualle. So umrißlos ist er geworden, ein Schwamm, vollgesogen mit dem billigsten Wein und den billigsten Schnäpsen. Sein Durst treibt ihn schon frühmorgens zu Lavinia und läßt ihn noch nachts nicht los, wenn er vor ihr auf den Knien liegt, ein weinender Koloß vor dem lamentierenden Koloß Lavinia, der aus einem ganz kleinen Mund Verwünschungen ausstößt: vorwärts, auf! Du trockene Palette! Vorwärts, auf! –

Wann er malt, weiß niemand, und Lavinia weiß längst, daß die alten Bilder nur jedes Jahr frisch gerahmt werden, die er damals, vor zehn oder fünfzehn Jahren machte, ganz im Anfang, in der großen Hoffnung auf das Licht. Wenn ich im Licht nicht nüchtern werd, werd ich's nie mehr, hatte er damals gesagt, und wenn ich hinter den Blicken nicht den Blick finde, setze ich mich auf die Straße, rühre den Staub an und mal die Ölbaumblätter damit ab, wie's ein Schmutzfink auf einer Akademie getan hätte. Aber dann fiel immer mehr weißes Licht auf die Leinwand, und wenn er auch nur einen Strich ziehen wollte, fiel ihm der Stift aus der Hand. So weiß ist mein Bild, und der Blick ist ganz weiß, sagte er an späteren Morgen, wenn ihm das Licht den ersten Durst machte, und goß sein volles Glas dem Strahlenschwall ins Gesicht. Ich darf nicht nachgeben, sagte er auch gern, eine Ausstellung im Jahr ist Pflicht; man kommt sonst aus den Augen der Leute, und Antonio weiß die Bilder gut zu hängen.

SALVATORE Antonio?
ANTONIO Ja, Salvatore.
SALVATORE Es ist gut, Antonio.

Musik.

SALVATORE Antonio?
ANTONIO Ja.
SALVATORE Hättest du Lust, dieser Tage für mich eine Stunde zu sitzen?
ANTONIO Ja, Salvatore.
SALVATORE Könntest du wohl eine Weile die Augen dabei zumachen und dann plötzlich aufsehen, mit dem Tierblick, dem allerersten Blick und dem Blick des Gottes, Antonio?

ANTONIO Ja.

SALVATORE Ja, ja, ja! Und könntest du die Handflächen so wenden und zeigen, daß ein Strahl hineinspringt und die Linien nachzieht, die allerersten, die vom feuchten Venushügel zu den Sandflächen des Verstands laufen?

ANTONIO Die Handflächen? Ja, Salvatore.

SALVATORE Und könntest du das Hemd ein wenig aufknöpfen, daß ich seh, wo der blaugrüne Fleck blieb, an dem der Pfeil abprallte, und daß ich die Rosen auf deiner Brust knospen fühlen kann?

ANTONIO Die Brust – ja, Salvatore.

SALVATORE Und könntest du die Nasenflügel starr halten, als hätten sie nicht über Gerüche zu fliegen, sondern stillzuhalten in der reinsten Luft?

ANTONIO Stillhalten? Ja.

SALVATORE Und könntest du rasch in die Tasche greifen, den Arm ausstrecken und in der Hand, vor dem einfallenden Licht, das Messer verbergen?

ANTONIO Ja, Salvatore.

SALVATORE Und könntest du *ihm* das Haupt abtrennen und mir entgegenhalten, wie Apollon das Haupt der Medusa den Menschen hinhielt, ein angstweißes Haupt, weil es Blut verlor?

ANTONIO Ja, Salvatore, ja.

SALVATORE Und könntest du warten, bis das Blut, das auf die Leinwand tropft, trocken ist und ich den Rahmen gefunden hab. Könntest du warten, bis ich den Nagel aus meinem Fleisch gezogen habe, an den ich dieses Bild hängen werde. Kannst du diese Weile noch warten?

ANTONIO Nein! Nein, Salvatore.
Nein!

Musik.

ERZÄHLER Antonios Geschäftigkeit könnte einem manchmal zuviel werden. Aber er muß schließlich leben, und es gibt nur im Sommer etwas mehr zu verdienen. Auf der Insel ist die Wahl nicht groß; er ist auf die Fremden angewiesen, und er hat sie alle gewählt.

ANTONIO *von fern* Salvatore lädt ein! Salvatore stellt aus!

Im Haus

ROBINSON Die Stimme höre ich gern. Es ist Antonio. Aber ich lese die Zeitung nicht. Ich hoffe, es weit zu bringen; so weit, nie mehr eine lesen zu müssen. Eines Tags wird in meinem Gehirn ein Teil verkümmern; der, mit dem ich Buchstaben aufgefaßt habe. Dann ist jede Nachricht und jeder Brief unschädlich.

DER GEFANGENE Köstlich! Ich meine die Oliven, wenn man sie mit einem Schluck Wein nimmt. Man kann sie grün und schwarz essen. Wenn man sie preßt, geben sie Öl, und den Kuchen bekommen die Esel. Übrigens gab es *dort* keine Zeitung. Wir hätten gern eine gelesen. Das Merkwürdigste ist: man wird nicht so rasch zum Analphabeten. So zäh halten wir fest, was wir einmal berührt haben.

ROBINSON Man muß sich fernhalten, einen Stein ansehen, ihn nicht bewegen, ihn wieder ansehen und liegen lassen.

DER GEFANGENE Aber dann muß man ihn aufheben, gegen etwas schleudern oder ihn lockern und weiterrollen.

ROBINSON Sie verstehen mich nicht.

DER GEFANGENE Ich will Sie gar nicht verstehen. Ich will Sie so gründlich mißverstehen, weil ich Jahre meines Lebens zurückgewinnen muß.

ROBINSON Übrigens sagt man von den Zeitungen, daß in ihnen stehe, was schon nicht mehr wahr ist.

DER GEFANGENE Sagt man das? Ich möchte hingegen wetten, daß es noch eine alte Zeitung gibt, in der einiges über mich steht. Das ist noch immer wahr. Und morgen wird wieder einiges über mich drin stehen. Der Bursche wird an Ihrem Haus vorbeigehen und es ausrufen. Ihr Verstand wird Ihnen einen Augenblick lang recht geben und sagen: das ist wahr. Ich muß jetzt meinen Rock anziehen und hinunter zum Hafen gehen, mich verständlich machen: Meine Herren, in meinem Haus halte ich den Mann verborgen, den Sie suchen. Ich habe mit ihm gegessen, getrunken und über einiges gesprochen, das mich nichts angeht. Allerdings wußte ich nicht, daß es sich um ein Verbrechen handelt. – Dieses letzte Detail wird natürlich nicht in der Zeitung stehen; aber es wird auch nicht wahr sein.

ROBINSON Sagen Sie schon, was Sie von mir wollen! Was wollen Sie von mir? Was soll ich tun?

DER GEFANGENE Mir eine Atempause geben und sich nicht um die Welt kümmern, um die Sie sich sowieso nicht kümmern wollen. Also auch sich selbst eine Atempause gönnen. Und das andre ist zuviel, als daß man's verlangen könnte. Ich bin überreizt, gespannt, auf dem Sprung. Und ich habe zu lange mit niemand gesprochen. Lang allein sein macht so ungerecht. Der Fleck auf der Wand, der Nabel, der beschaut wird, diese Stille im Innern, die abgelauscht wird. Welche Offenbarung! Stehst du still oder steht die Welt still? Vielleicht liegt hier das große Rätsel! Wissen Sie, wie dann das Gespräch zwischen uns begänne? –

Ich sagte zu Ihnen: ›Mein Freund, laß uns essen und trinken, denn dabei wird uns warm ums Herz. Auf dem Tisch soll kein Rest bleiben. Wenn ich also um Gabel und Messer bitten dürfte in friedlicher Absicht . . .‹ Und

Sie antworteten mir: ›Ich fühle mich schwach, Horatio; meine Eingeweide brennen, aber mich verlangt nach anderer Nahrung. Ich kann Gabel und Messer nicht benützen, denn sie sind es so wenig, wie die Pfanne mit dem gebratenen Fisch ist, was sie ist!‹
›Es sind Gabel und Messer. Auf welche Verwandlung spielst du an?‹
›Dann ist es soweit, und ich bin verloren, mein Gott. Es ist meine eigene Verwandlung. Ich spreche von mir als einem, der ein anderer ist.‹
In den Pausen, auf die nichts mehr folgt, geschieht das. Wahrhaftig. Das Glück ist die Atempause, und es hält sich ans Handgreifliche. So müde, wie ich müde bin, ist einer in seinem Glück. Er ißt und trinkt und streckt seine Beine weit von sich. Ich bin rechtschaffen müde.

ROBINSON Schlafen Sie ein paar Stunden. Dann werden wir weitersehen.

DER GEFANGENE Wenn Sie mir eine Tasse Kaffee gäben, wäre es mir lieber. Die Pause auskosten können. Auch kann ich mittags nicht schlafen.

ROBINSON Hier sagt man sogar, man solle nicht schlafen um diese Zeit. Es ist von Bedeutung. Ja, ich glaube, wir sollen nicht schlafen, damit wir die Zikaden hören können.

DER GEFANGENE Wer sagt das?

ROBINSON Die Leute hier.

DER GEFANGENE Ich denke, Sie reden mit niemand.

ROBINSON Das Notwendigste doch. Man kann nicht unfreundlich sein, und wenn es zuviel wird, lasse ich die andren sprechen und gebe keine Antwort mehr.

DER GEFANGENE Wenn es zuviel wird ... Und mittags schlafen Sie also nicht, sondern hören auf den Gesang der Zikaden?

ROBINSON *ironisch* Gesang! Ach, man hört hier so wenig. Es ist fast alles, was man hört. Denken Sie bloß ...

DER GEFANGENE Nun? Sie wollten von den Zikaden sprechen.

ROBINSON Nein. *Zögernd.* Von einem Brief, den ich bekam. Sie überraschten mich dabei, als ich ihn las.

DER GEFANGENE Es schien mir nicht so. Sie hatten ihn zu Boden fallen lassen. Aber hier ist er. Sie wollten wohl sagen, ich solle ihn herausgeben.

ROBINSON Ja. Oder nein. Der Brief ist nichtssagend.

DER GEFANGENE Von einer Frau.

ROBINSON Ja.

DER GEFANGENE Was will sie?

ROBINSON Dem hier ein Ende machen. *Er erinnert sich, lacht.* Unvorstellbar, diese Redensarten. Sie ahnen es nicht.

DER GEFANGENE Übrigens wartete ich in der ganzen letzten Zeit auf einen Brief; er kam nicht. Vielleicht ist er heute gekommen. So ist das ja immer, wenn man zu sehr wartet. Aber auch das Elend hat seine Redensarten. ›Das Essen ist kalt geworden, obwohl der Hunger groß ist. So sind wir wohl alle miteinander verdammt.‹
Trotzdem schlief ich noch in der letzten halben Nacht gut, und ein Gerechter hätte mich drum beneidet.

ROBINSON Abends wird die Luft besser; man hat das ja jahrelang nicht gehabt, ist immer zu früh aufgestanden und zu spät zu Bett gegangen oder zu spät aufgestanden und noch später zu Bett gegangen, mit dem geschäftigen Gesumm in den Ohren, Überlegungen für morgen und in Erwartung nächtlicher Hiobsbotschaften. Hier ist das Erbarmen groß. Die Stunden werden nicht geschlagen.

DER GEFANGENE Erbarmen! Welchen Grund haben Sie, sich selbst zu verbergen, wie Ihr Schlaf hier aussieht? Vor mir brauchen Sie die Nacht nicht zu loben. Ich behaupte, daß der Schlaf Sie schon lang verlassen hat.

ROBINSON Mein Schlaf . . .

DER GEFANGENE Sie zittern vor Müdigkeit und schlafen

bestimmt jeden Mittag, wenn es sich einrichten läßt. Was haben Sie nachts getrieben? Haben Sie denn das Tor nicht gut geschlossen und sich gewappnet gegen die begierigen Teilnehmer, die in den Drähten hängen mit ein bißchen Mitleid, ein bißchen Grausamkeit? Sie wissen doch, daß es auch zwischen Zellen Verbindungen gibt, von trommelnden Knöcheln hergestellt für begierige Ohren, das zärtliche Nachrichtenspiel, voll Mitleid, voll Grausamkeit, zwischen Mensch und Mensch. Die Ungeborenen halten es schon so mit ihren Müttern.

ROBINSON Das ist ein verfluchtes Spiel; aber hier ist die Luft rein und vermittelt nicht mehr.

DER GEFANGENE Erbarmen! Wenn der Mond abstürzt im Tamariskengesträuch, ist die Inselnacht da. Das verfledderte Licht der Mondleiche sinkt in die Spalten des erloschnen Vulkans. Das bringt Unruhe, mein Herz. Und keiner wird schlafen können. Das Bett, in dem die Holzwürmer zu nagen beginnen, stöhnt, und die Luft streicht mit feuchten warmen Zungen über den Leib. O daß Regen käme mit einem großen Wortschwall, o daß die Nacht durchzecht werden könnte, daß die Gläser überflössen, daß der orangefarbene Wein das Laken fleckte! Denn das bringt Glück. Daß die Brust sich nicht abquälte und dürr würde innen und das Ohr, geweitet von Meldungen, die es nicht aufnehmen mag, nicht den Finger spürte mit den kurzen und langen Zeichen aus einer unbegriffenen Vorwelt – das vor Hunger grollende Meer, schlürfenden Windschritt nah, und näher den bewegten Zitronenbaum, der mit gelbsüchtigen Früchten um sich wirft, Säure in Blatt und Stamm, und näher die flatternden Nachtschmetterlinge aus welken Greisenlidern. Dann das letzte: der schwarze Käfer, der sich totstellt auf der leichenblassen Wand! Und der hat's nicht besser, der sich schlafend stellt, denn er weiß ja: du hast das Schiff vorbeiziehen lassen, Robinson! Du hast das einzige Schiff nicht gesehen, hast nicht gewunken, kein Feuer gemacht! Du hast dich schlafend gestellt, mein Herz.

Musik.

ANTONIO *von fern* Soiree bei Prinz Ali. Frack und Orden, großes Abendkleid! Frack und Orden, großes Abendkleid!

ERZÄHLER Prinz Ali ist der letzte Ableger eines Königshauses, das schon vor längerer Zeit zur Abdankung gezwungen worden ist. Sein Name bedeutet Geld für die Insel, wird lässig ins Gespräch geworfen und geschlürft wie eine Auster, die man vor einem kleinen Schluck Sekt nimmt. Sogar Mrs. Brown ist fähig, nach einer heldischen Anstrengung den Kopf sinken zu lassen und zu murmeln:

MRS. BROWN Heute abend leider nicht. Wir haben Ali zu oft abgesagt. Der Arme würde sich kränken, wenn wir nicht kämen, nicht wahr, Charles?

ERZÄHLER Der Prinz kommt gern mit offenem Hemd und zerknitterten Hosen auf die Piazza und bestellt eine Zitronenlimonade mit einem Stückchen Eis. Sein dunkles Haar ist schütter, verschwindend ist auch die Gestalt, das Gesicht gelblich, und die Augen fragen sich, wie sie zu dem Mund kommen; so viele Geschlechter waren am Zug, Orient und Occident dran beteiligt. Die einzige politische Handlung gelang dem Prinzen, als er das Haus auf der höchsten bebaubaren Erhebung der Insel, knapp unter dem Vulkankegel, »Buon Retiro« nannte; es wurde in vielen Kreisen als Affront empfunden. Später galt ihm das nichts mehr. In seiner Erinnerung war die Luft *drüben* mit Attentaten und Revolutionen geschwängert. Er liebte es, sich im Grünen aufzuhalten. Die Schafe kamen manchmal bis an sein Haus. Sie konnten stundenlang eng und unbewegt nebeneinanderstehen, um einander Schatten zu machen, und der Prinz schätzte sie mehr als die kleinen Filmmädchen, die auf seinen Terrassen in den Liegestühlen lagen und ihre Gesichter mit starren Wimpern zum Himmel hielten, zur Großaufnahme bereit. Wenn die Mädchen braun genug waren, ihre Bilder in seinen Alben klebten und sein Name ihren Namen genug gedient hatte, schickte er sie höflich in die Ateliers zurück, mit Briefen, in denen er für ihre Ausdrucksfähigkeit bürgte. Dann kam die schöne Zeit, in der er eine Wand von »Buon Retiro« niederreißen und einen Anbau aufführen ließ, um mit den Bauarbeitern die Richtfeste feiern zu können, ihre wilden Gerüche zu atmen und den Geruch von Knoblauch und Zwiebel, Tomaten und frischem Brot, heißem Stein, Steinstaub und Kalk. Wenn seine Mutter ihn aus einem andren Exil, bei dem Andenken seines Vaters, beschwor und um mehr Würde bat, fegte er das Haus leer, ließ aus der Stadt trainierte Diener kommen, standesgemäße Einladungen an alle Welt ergehen und ein rechtes Fest vorbereiten, während er stundenlang auf der Piazza vor einem Glas Limonade saß und sich nicht heimtraute. Das ist Antonios große Zeit; er streicht um die Oleanderkübel, die das Geviert, in dem die Tische von Lavinias Bar stehen, abgrenzen, und pfeift vor sich hin. Es kann geschehen, daß er einen in Streit und Spiel verwickelten Kinderhaufen gegen den Tisch des Prinzen stößt und plötzlich kopfschüttelnd dasteht, die Kinder zurechtweist, ein brandrotes Taschentuch aus seiner Hosentasche zieht und damit die übergeschwappte Limonade vom Tisch wischt, den Geldschein, den ihm der Prinz reicht, mit seinem Taschentuch einstreicht und dem Erschrockenen aufmunternd zunickt. Wenn der Prinz aufsteht, geht er zu dem schwarzen Kabriolett, das im Hausschatten steht, und öffnet den Wagenschlag.

PRINZ Antonio?
ANTONIO Ja, Hoheit.
PRINZ Es ist gut, Antonio.

Musik.

PRINZ *unsicher* Antonio?
ANTONIO Ja, Hoheit.
PRINZ Hättest du Zeit, heute abend zu kommen? Du könntest den Herrschaften beim Aussteigen und an der Garderobe helfen. Es wird nicht dein Schaden sein, meinst du nicht, Antonio?
ANTONIO Ja, Hoheit.
PRINZ Wenn alle genug getrunken haben und weitertrinken, wenn die Kapelle »Grüne Insel, Reich meiner Träume« spielt, könntest du dann mit dem Feuerwerk beginnen? Du verstehst doch wohl, ein schönes Feuerwerk zu machen?
ANTONIO Ja, Hoheit.
PRINZ Unscheinbar liegt die Hülse da. Eine Lunte wird angezündet. Zuerst steigt die Brillantsonne, danach der Springbrunnen. Die Fächerrosette dreht sich im Wind. Königlicher sprüht dann die Diademsonne und gefährlicher die Saturnsonne. Aber die Nacht ist groß und lang.
ANTONIO Ja, Hoheit.
PRINZ Wenn die Gesellschaft von den Sesseln aufgesprungen ist und auf dem Marmorparkett die Tanzenden stehenbleiben, wenn die Orden auf den beherzten Frackbrüsten stillstehen und eine Perlenkette sich langsam in einem Nacken löst, wenn die langstielige Rose im Glas entblättert steht, hängst du die Lunten der Hülsen

zusammen, weil du die letzten gleichzeitig abfeuern willst. Du bist jetzt ganz aufmerksam und weißt, daß du keinen Fehler machen darfst.

ANTONIO Ja, Hoheit.

PRINZ Werde ich dann plötzlich neben dir stehen, ohne Furcht in dein Gesicht sehen und sagen: ich weiß, daß du dir die finstren Läuferrosen für den Schluß aufgehoben hast!

ANTONIO Ja, Hoheit.

PRINZ Ich weiß, daß zuletzt die Riesenräder mit dem blauen Wagen in die Nacht hinausrollen werden und daß der Wagen über dem Meer abstürzen wird!

ANTONIO Ja, Hoheit.

PRINZ *geheimnisvoll* Glaubst du, daß mein Feuerwerk schöner wird als eure Feuerwerke bei meines Vaters Tod? Wenn ich dir alle Farben in die Hand gebe: das fiebrige Weiß, das nackte Grün, das beharrliche Blau und das explosive Rot . . .?

ANTONIO Ja, Hoheit.

PRINZ Und werden die, die mir vorangegangen sind, hören, daß die Stille, die meinem Augenblick vorangeht, auch ihre Stille war? Die Stille vor dem Anschlag, eh einer Feuer gibt, und daß ich den alten Mut noch habe?

ANTONIO Ja, Hoheit.

PRINZ Und glaubst du, daß ich stärker bin als sie und mich von dir in den Kreidekreis führen lasse, von weißer Vulkanhand gezogen, aus der Tiefe der Erde geführt, von Geschichtslosigkeit zu Geschichtslosigkeit, und dein Urteil erwarte, Aufrührer! Daß ich weiß: das finstre Rot ist in deiner Hand und wird in meinem Haar zischen, wenn ich aufflieg und die Herrschaft verlier?

ANTONIO Ja, Hoheit.

PRINZ Und glaubst du, daß, wenn ich die Nacht so erhelle, mein Opfer gezählt wird und der Funken, der stehenbleibt am Himmel? Wird ein einziger Funke stehenbleiben oben, Antonio?

ANTONIO Nein, Hoheit.
Nein! Nein!

Musik.

ANTONIO *von fern* Jeanette empfiehlt radioaktive Bäder, Licht und Mandelmilch! Jeanette empfiehlt Sonnenlicht und Mandelmilch!

ERZÄHLER Jeanette hat hier zum erstenmal den Mandelbaum gesehen. Früher hielt sie Moorkompressen gut für Abergläubische. Sie kämpfte mit seidigen Crèmes, die ihren Namen trugen, für die Thesen ihrer Broschüre »Ewige Jugend, ewige Schönheit«, mit seidigen Bröckchen künstlicher Fette, in die sie eine Pinzettenspitze Talk rührte und einen Tropfen hochkonzentrierten Alkohols fallen ließ. Sie war die große Chemikerin unter den Kosmetikern, und ihr Gesicht und ihr Körper zeugten glaubwürdig für die Richtigkeit ihrer Behandlungen. Dann wurde sie vierzig. Die Ladenklingel ging den ganzen Tag. Der Student Antoine, der sie abends in die Oper bringen durfte, kam seltener. Die Flucht war aber schon festgelegt, als sie vor dem Spiegel saß und sein verräterisches Gesicht zum letzten Male hinter sich sah. Seine glatten, bewegungslosen Lippen kamen ihrer Schulter nah, dort, wo ein bräunlich geränderter Fleck auf der Haut erschien und die Bleichcrème Jeanette Nummer drei noch nicht tief genug eingedrungen war. Damals verlor sie grundlos die Beherrschung, die der Schönheit so zuträglich ist, und sagte, während ihr schwindelte:

JEANETTE So sag's doch! So sag mir's doch ins Gesicht, daß ich aussätzig bin, befallen vom Stockfleck, vom Schimmel, vom Krähenfuß! Sag doch, wie's einem Barmherzigen zumute ist, der einen Aussätzigen küßt!

ERZÄHLER Damals weinte sie sogar, obwohl es schlecht für die Augen war, und ließ die gefüllte Pipette mit den Tropfen liegen, die ihnen den Glanz zurückgegeben hätten.

Das ganze Leben ist ja der Versuch, es zu behalten, und die Schönheit sein Widerspruch, weil sie den Tod sucht. Hier hat Jeanette den Mandelbaum gesehen und die warmen Quellen am Fuß des Vulkans, das mit Kraft geladene Wasser, lau schmeckend nach alterslosem Gestein. Sie hat zum erstenmal das Licht gesehen, die Sonne, die alte Haut einschmilzt und junge Haut so zart rötet.

An den Quellen ist der Andrang groß; viele kommen jede Woche, um ein Bad zu nehmen gegen Schwäche und Krankheit, aber Jeanette kommt täglich, um zu baden, sich zu waschen und um von dem Wasser zu trinken. Der Bauer, auf dessen Grund die Quellen liegen, hat nicht Zeit, jeden Tag zu Hause zu bleiben und die Besucher einzulassen. So steht oft Antonio da, gibt die Becher aus Pappe aus, die Handtücher für die Vergeßlichen, und aus den Steinwannen läßt er das Wasser ablaufen und füllt sie neu für den nächsten. Er geht nicht leer dabei aus. Jeanette kennt er schon lange und wundert sich nicht mehr über die Liturgien, die sie todernst und mit großer Langsamkeit vornimmt. Sie trocknet sich nicht ab, sondern läßt sich von der Sonne trocknen. Wenn sie trocken ist, legt sie milchigen Mandelbrei auf. Wenn der Brei trocken ist, wäscht sie ihn mit dem kräftigen Wasser ab, und ihm scheint es, daß sie dabei Formeln spricht. Im Namen welchen Geistes? Ihn sieht sie hin und wieder mit einem kurzen, harten Blick an, als mißfiele er ihr, als hätte er das Wasser zu kalt oder zu warm gerichtet. Sie faltet das Badetuch streng und genau, wenn sie es ihm zurückgibt, und findet kein Wort des Dankes.

JEANETTE Antonio!
ANTONIO Ja, Madame.
JEANETTE Es ist gut, Antonio.

Musik.

JEANETTE Antonio?
ANTONIO Ja, Madame.
JEANETTE Du glaubst doch nicht, daß mich die Bäder zu sehr anstrengen, Antonio? Jeden Tag wird mir heißer danach – als bräch eine heiße Welle aus meinem Herzen, schlüg durch mich und würf sich an meine Schädeldecke. Doch die Bäder sind wohltätig, nicht wahr?
ANTONIO Ja, Madame.
JEANETTE Ich werde es wieder mit dem Schlamm versuchen. Er erstarrt in der Luft, und wenn man ihn löst, springt er in flächigen Stücken ab – als spräng die Kruste der Erde weg mit allen verwitterten Zeichen. Die helle Haut wird schon da und dort sichtbar. Wird sie auch heil sein? frage ich.
ANTONIO Ja, Madame.
JEANETTE Der Bildhauer, der dem Abguß zusieht, kann's nicht ertragen, zu warten. Er möchte die Hände schon sanft auf den Körper legen und ihn fühlen. Wird er schön sein? Und *wie* schön wird er sein?
ANTONIO Ja, Madame.
JEANETTE Wie, Antonio, warst du, als er dich aus der Hülle nahm? Sehr schön. Ich weiß. Aber es hat wohl niemand darauf geachtet. Du bist aus der Schale gesprungen; keiner hat sie dir aus dem Weg geräumt. Ich habe zuviel achtgehabt auf mich.

ANTONIO Ja, Madame.

JEANETTE Ich muß daran denken, daß unsre Sünden uns die Züge eingraben und crème nourrissante und crème purifiante uns nicht lossprechen können.

ANTONIO Ja, Madame.

JEANETTE Aber wenn du mir raten könntest . . . Tauchst du dein Gesicht in die toten Wasserarme der Maremmen, wenn der Mond drin liegt? Reibst du Lorbeer zwischen den Händen und ruhst du, auf die Ellenbogen gestützt, wie die Epheben? Läufst du mit dem Wind dreimal ums Haus um Mitternacht, daß dein Schritt wie aus Wolken federt? Tränkst du dein Haar mit dem Saft der indischen Feigen, daß der Boden frisch bleibt? Rührt der Glanz deiner Locken vom Schlangenfett? Aber es ist wohl müßig zu fragen. Du wäschst dich, du sonnst dich. Das ist genug.

ANTONIO Ja, Madame.

JEANETTE So genügt's auch, daß ich mich wasche! *Geheimnisvoll.* Und Antoine wird zugeben in seiner Vernunft: du siehst nicht wie zwanzig aus, sonst müßtest du im nächsten Jahr wie einundzwanzig aussehen. Du siehst nicht wie dreißig aus, sonst müßtest du bald wie einunddreißig aussehen. Du siehst nicht jünger aus und nicht älter. Du bist schön und hast keine Zeit. Sei barmherzig und laß mich deine Schultern küssen!

ANTONIO Ja, Madame.

JEANETTE Dann werde ich zu Antoine sagen: Geh! Mich ekelt. Du bist schwach und gemein, ich sehe dich durch alle deine Jahre, mit gelichteter Stirn, fleckigen Nägeln, weitmaschigen Wangen, weitsichtig, schwachsinnig, erfahren um die Nasenflügel, den Mund belastet. Geh! Man kann keinen Leichnam lieben!

ANTONIO Ja, Madame.

JEANETTE Ich müßte vielleicht nur länger im Wasser bleiben, für Minuten tauchen, das Wasser auch mit den

Augen trinken, mit den Ohren, es überall in mich hineinfließen lassen, geladen von seiner Spannung werden bis in die letzte Faser meines erschrockenen Fleisches.

ANTONIO Ja, Madame.

JEANETTE Ich müßte nur standhalten, dann auftauchen, hier an dir vorbeigehen und hinaus, am Schilfrohrfeld entlang. Denn ich weiß, daß du mir keinen Rat geben kannst und nur heute schön bist. Aber ich weiß auch, daß in den Mandeln die bittere Milch ist für einen, der trinkt und verzichtet, um alles zu gewinnen.

ANTONIO Ja, Madame.

JEANETTE Und wenn ich alles täte – mich wüsche und die bittre Milch tränke –, glaubst du, ich könnte mich dann auf die Spitzen meiner Füße heben, meinen Körper fühlen wie eine Sehne, über die ein Pfeil schnellt, um den Tod zu treffen? O Unsterblichkeit!

ANTONIO Nein, Madame!
Nein, Madame!

Musik.

ANTONIO *von fern* Eltern in Angst und Sorge! Stefano wohlbehalten! Eltern in Angst und Sorge! Wohlbehalten . . .

ERZÄHLER Zufällig war es Antonio, der den Jungen fand. Auffallend war höchstens, daß er diesmal von Benedikt kein Geld für die Nachricht nahm. Aber es mag sein, daß er es am Ende doch genommen hat. Er fand Stefano, der schon einige Tage unterwegs gewesen, endlich drüben aufs Schiff gegangen und unbemerkt herübergekommen war, hungrig und verstaubt im Hafen. Natürlich brachte Antonio es fertig, alles zu erfahren. Der Junge war fortgelaufen nach der letzten Schulstunde, mit einem verknüllten Schulzeugnis, das wie ein einziger Tadel aussah, mit einem Bindfaden, einem Feuerzeug und mit einem Buschmesser in der Tasche. Ein zutraulicher, starker und witziger Junge, zu dem man sich viele Geschwister gewünscht hätte. In der Hafennacht waren die Boote Gespenster. Die Segel teilten Ohrfeigen aus, und eine Sirenenstimme sagte: Lach nicht! Halt den Mund! Paß auf! Wenn ich dich noch einmal erwische! – Die Netze hingen vor den Fischerhäusern, ausgespannt wie Sprungtücher für einen Selbstmörder. Die Schranke, die das Netz halten mußte, ächzte bis zum Morgen. Ich sag's nicht zuhause. Ich sag's nicht zuhause, und wenn sie mich totschlagen, ich sag's nicht zuhause. Die Sirenenstimme heulte heimtückisch: du weißt also nicht, wo das Land liegt? Du hältst ja den Atlas verkehrt! Kannst du die Augen nicht aufmachen und die Grenzen sehen! – So machte er die schlaftrunkenen Augen in der Nacht auf, damit er das Land fände, und er hielt den Atlas mit klammen Fingern, bis er zuklappte, denn die Erde hatte ja keinen Platz darauf. Sein Vater ging jetzt gewiß in sein Zimmer, rief die Mutter herbei, ließ sie seinen Schrank aufmachen und schrie fürchterlich. Zuletzt: Ordnung ist das halbe Leben! Und die Mutter versteckte gewiß rasch die Mütze mit dem Loch, die ihr in die Hände rollte. (Er hatte sie damals so rasch vom Haken gerissen!) Sein Vater brüllte gewiß: Zeig das her! Dann hieß eine Mütze ein Corpus delicti und eine Mutter, die die Arme um den Hals des Vaters schlang, ein Advocatus diaboli, und das Kind beider hieß wahrscheinlich »Ausgeburt der Hölle«. Aber das Land hatte er doch gefunden. Als er sich auf dem Schiff unter die Reisenden mischte und tat, als gehöre er zu einer der Damen oder zu einem der Herren oder gar zu den Flegeln mit den Motorrädern, war er nur traurig, weil er nicht aus einer Ladeluke spähen konnte, rußverschmiert, und weil er den Kapitän nicht zu Gesicht bekam, nicht einmal einen richtigen Matrosen, der ihn zum Kohlentrimmen mitgenommen hätte. Als er die Insel sah, war sie noch wunderbar, das Stück eines Sterns oder ein Komet, der ins Meer niedergefahren war und selig verrauchend wieder emporstieg. Als er die Insel betrat, war sie keine Insel mehr. In den Bäumen hingen keine Datteln, kein Holz war da für ein Lagerfeuer. Fische wurden verkauft wie auf allen Märkten. Muscheln und Obst. Alle Menschen wohnten in Häusern, und die Plätze und Gassen waren von Geschäftigkeit und Geschwätz erfüllt. Die Kinder waren es gewesen, die ihn aufgegriffen und verraten hatten. Antonio hatte gottlob nicht viel gesagt und ihn mitgenommen zum Bürgermeister, ihm unterwegs ein mit Tomaten und Zwiebeln gefülltes Brot gekauft, und auf der Gemeinde war Antonio allein voraus und zu den Herren ins Zimmer gegangen. Als er zurückkam und sich zu ihm auf die Bank im Gang setzte, schluckte Stefano an dem letzten Bissen und fühlte sich satt.

STEFANO Antonio?
ANTONIO Ja, Stefano.
STEFANO 's ist gut, Antonio.

Musik.

STEFANO Antonio?
ANTONIO Ja, Stefano.
STEFANO Wenn ich bis ins Innere der Insel gekommen wäre, hätten sie mich nicht erwischt. Keiner hätte mich wiedergesehen. Ich wäre im Freien geblieben. Nie wieder im Hafen, nein! Ich hätte die Insel erkundet und die Spuren der Tiere gelesen, hätte sie angelockt. Ich kann ihre Stimmen nachmachen. Hör zu! *Er pfeift, wimmert, lockt und ruft.*

Pause.

STEFANO Warum sagst du nichts, Antonio? Du kannst es bestimmt besser. Mit der Sonne wär ich aufgestanden und dann durchs Gebüsch geschlichen. Die Lianen zerreiß ich mit bloßen Händen, und wo das Dickicht ganz dicht wird, schneid ich es durch. So. Die Schneide schräg angesetzt. Mit diesem Messer. Antonio?

Pause.

STEFANO Woran denkst du, Antonio? Du hörst mir nicht zu. Aber gib acht! Die Sprache der Eingeborenen verstehe ich freilich nicht. Doch ich werfe die Waffen weg, wenn ich ihnen nah komme, und rufe: Hier ist ein weißer Bruder, der zu euch will! Er kommt aus dem Land der Dampfrösser und der Stahlvögel, aber er hat ein friedliches Herz und möchte mit euch seine Pfeife rauchen. Er will immer bei euch bleiben.
Antonio!

Pause.

STEFANO Antonio, sind alle so braun wie du? Wirst du mich zu ihnen führen und mir deine Hütte zeigen? Wirst du mich mit zum Fischen nehmen und auf die Jagd? Sag ja! Wenn die anderen nächstes Jahr wieder ihre Schlußprüfungen machen und ihnen die Federbüchsen um die Ohren fliegen, haben wir schon einen Berg von getrockneten Fischen. Du hast mir meine Hütte bauen geholfen, und in der Mittagshitze liegen wir ganz faul da und schnippen die Melonenkerne.

Pause.

STEFANO Antonio, du bist schweigsam wie ein alter Häuptling, der viel von den ewigen Jagdgründen weiß. Oder stimmt etwas nicht? Ist die Insel in Gefahr? Wir könnten uns zusammentun, die Bärte umhängen und jedes Schiff überfallen, das sich nähert. Wir sind gefürchtete Piraten, nicht wahr, Antonio?

Pause.

STEFANO Antonio, glaubst du nicht, daß es gut wäre, die anderen drüben ein bißchen zu erschrecken? Wir springen in die Boote, rammen die anderen am Kiel und stürzen uns brüllend auf die Duckmäuserschiffe. Käm einer bis hierher, so hätten die Geier bald die Schnäbel in seinem Fleisch.

Pause.

STEFANO Antonio, ich glaube, wir werden uns ein eigenes Recht machen müssen. Denn drüben gibt es nur Unrecht. Wir sind Piraten, aber wir dulden keine Ungerechtigkeit. Alle, die es besser wissen, werden bestraft und an die Masten gebunden.
Alle, die ein Kind nicht zu Ende reden lassen, werden fester an die Masten gebunden.
Einem, der nur einen Bindfaden und ein Vogelei in der Tasche hat, darf nicht gesagt werden: du hast gestohlen! Aber wer die Taschen voll Geld hat, der muß es hergeben. Jeder, der sagt: du lügst! und dabei seelenruhig die Suppe weiterißt und nichts beweisen kann, wird den Haien zum Fraß vorgeworfen.

Pause.

STEFANO Antonio, warum sagst du nichts? Bist du nicht

mein Freund, und bin ich nicht dein weißer Bruder? Oder bist auch du einer von den Weißen? Nein! Sag nein! Du wirst jetzt sagen: Geh! Spring! Lauf! Der Weg führt am silbernen Quell vorbei und am Orangenbaum, aus dem die untergehenden Sonnen gepflückt werden. In dem schmalen Tal des Schweigens stehen die Lasttiere für dich bereit. Zieh landeinwärts! Und ich deck' dir den Rücken! Bis wir einander wiedersehen.
Antonio! Sag ja!
Ja, Antonio?
Ja, ja, ja, ja!

ANTONIO Nein, Stefano, nein.
Ich würde sagen: nein. Geh nach Hause.
Und zuletzt vielleicht noch einmal: nein.

Musik.

Im Haus

DER GEFANGENE Antonios Stimme. Eine schöne Stimme. Mich könnte sie auch locken. Du liebe Zeit. Natürlich werden Sie morgen das Tor aufmachen und ihn rufen. Antonio! – Ja, Herr. – Es ist gut, Antonio. – Wieviel kostet die Zeitung? Gib schon her. Und unfreiwillig werden Sie das Blatt überfliegen und sich die Lippen feuchten. Dacht ich es doch! Eine furchtbare Geschichte. Ich bin froh, daß er sie mir nicht erzählte. Ich weiß nicht, ob ich fähig gewesen wäre, ihm zu helfen, auch nur seine Gegenwart zu ertragen. Er ist fort in das nächste Verderben, und ich muß diese Geschichte rasch vergessen. Es ist gut, nicht wahr?
Weil Ihnen meine Geschichte also nicht erspart bleibt, können Sie ruhig die Ihre erzählen.

ROBINSON Ich habe keine Geschichte. Keine Schuld, die ins Gewicht fällt, kein Unglück, das mir anhängt, kein Verzeihen, das ich nicht gewähren könnte. Ich bin auf niemands Kosten hier.

DER GEFANGENE Auf Ihre eigenen doch wohl. Sehen Sie, der Kostenpunkt scheidet uns voneinander. Ich habe immer auf Kosten anderer gelebt und die anderen lebten auf meine Kosten. Das hielt sich die Waage. Wissen Sie, worüber ich noch lachen könnte?

ROBINSON Rauchen Sie?

DER GEFANGENE Gern. Weil ich's lang entbehrte. Vorsicht mit dem Streichholz. Der Brief wird Feuer fangen.

ROBINSON Ich glaube, ich werde *ihr* nicht mehr antworten. Es war mein großer Fehler bis heute, daß ich es tat.

DER GEFANGENE Weiter! Weiter! Es gehört Mut dazu, nach langer Zeit wieder zu rauchen, sich auf diese leise Ohnmacht wieder einzulassen, die sich einstellte vor langer Zeit, bei der ersten Zigarette.

ROBINSON *ermutigt* Hören Sie sich das bloß an! »... und nun mußt du auf dieser Insel leben, o so warst du immer, du Pirat ...« *Er bricht betreten ab.*

DER GEFANGENE Weiter!

ROBINSON »... du Pirat, und was würdest du sagen, wenn ich doch eines Tags käme und dich zurückholte, eh der Vulkan Feuer speit und du, vergiftet von dem Zisternenwasser ...« Verstehen Sie mich jetzt? *Erschrocken.* Und sie ist imstande zu kommen, eh ich mich versehe, hier ihre Flakons aufzustellen, ihre Pyjamas auszubreiten und mit dem Griff der Handtasche so unschuldig zu spielen, als hätte sie nicht zwei Rückfahrkarten drin.

DER GEFANGENE Wie heißt sie?

ROBINSON Anna.

DER GEFANGENE Darüber könnte ich wohl noch lachen – wenn sie hier hereinkäme und ich sie sehen könnte, brünett und renitent, mit irgendeinem phantastischen Halstuch und unempfänglich für Pansstille und den Flötenton vom verbrannten Hügel, mit einem Vieltaktmotor im Herzen und gar nicht lauter Stimme, in Rück- und Seitenspiegeln geübt den Gang aus gelockerten Gliedern, den Kopf voll von Kreuzverhören und den Mund voll von Treffern.

ROBINSON Aber ich werde nicht hinuntergehen zum Hafen und sie abholen. Ich werde ihr keine Erklärungen geben. Ich bin so weit, daß ich mein Ohr verschanzen kann und ihre Fäuste nicht mehr ans Tor schlagen höre. Ich werde auf meine Terrasse hinausgehen und auf dem Dach das Schilfrohr ordnen, das der Wind zerzaust hat. Es wäre mein endgültiger Austritt aus einer Gesellschaft, die sich fortgesetzt an meinem Leben vergriffen hat.

DER GEFANGENE Also doch eine Geschichte. Ich weiß: diese fortgesetzten kleinen Gemeinheiten. Der Erfolg, von Mißtrauen geschmälert und die Pfiffe von der Galerie. Später: der Erfolg geneidet und die Pfiffe aus dem Parterre. Der eklatante Mißerfolg.

ROBINSON Ich bin kein Schauspieler.

DER GEFANGENE Aber Sie sind doch gestoßen worden zum nächsten Schritt, zum nächsten Wort. Sie haben doch mitgespielt. Und ein wenig spielen Sie noch immer mit. Sie wissen es selbst.

ROBINSON Ich weiß nicht.

DER GEFANGENE Das Stück heißt: Ich habe, wenn es hoch kommt, achtzig Jahre zu leben. Was dann sein wird, weiß ich nicht. Nur, daß eine Verschwörung gegen mich im Lauf dieses Stücks schon im Gange ist. Wer heißt mich den Ausgang abwarten? Mein Sinn steht nicht nach Lösungen unter so vielen Opfern. Mit der letzten Kraft will ich die Lichter vorzeitig ausdrehen und den Vorhang zuziehen. Mit der letzten Kraft werde ich mich unsichtbar machen. Eine Weile wird man fragen: Was ist? Zeigt er sich denn nicht mehr? Zu euch kam er doch jeden Freitag zum Fisch. Anna hat noch einen Brief von ihm bekommen. Er ist dort auf einer Insel. Ich hätte es ihm nie zugetraut, daß er allein sein kann. Ein Mensch, der so eitel war, so ehrgeizig, versessen, vielrednerisch, ahnungslos, verschwenderisch . . . O ein großer Sack voll Eigenschaften wird von Ihnen zurückbleiben! Der wird aufgebunden und ausgeschüttet noch einige Male. Dann liegt der Sack in einer Ecke. Manchmal stößt man auf ihn, wenn man in Erinnerungen kramt. Ja, ein seltsamer Mensch, eigentümlich, nicht zu fassen. Einer mit einer Spur, die im Sand verläuft, wo eine Welle drüberleckt. Lange nichts gehört von ihm. Anna? So. Sie ist weggezogen. So? Und lebt mit dieser massiven Eitelkeit, diesem ganz gewöhnlichen Menschen, diesem zähen, geschwätzigen . . .

ROBINSON Hören Sie auf!

DER GEFANGENE Weil sie jetzt mit einem ganz gewöhnlichen Menschen . . .? Es ist doch von Vorteil für Sie. Ihre Jahre sind ins Unendliche gerettet. Sie sind unsichtbar.

ROBINSON Seien Sie still! Still, still! Ich will, daß es endlich still wird. Ich wollte, die Sonne würde schwächer und die Zikaden hörten auf, daß ich auch das nicht mehr hören müßte.

DER GEFANGENE Aber Sie hören sie ja noch. Das ist gut. Wir sollen mittags nicht schlafen, auch wenn wir sehr müde sind.

ROBINSON Wie meinen Sie das?

DER GEFANGENE Sie sind sogar stark zu hören.

ROBINSON So stark und quälend, daß sie nicht zu überhören sind.

DER GEFANGENE Wie klingt es?

ROBINSON Es klingt, wie es manchmal in mir zu klingen

beginnt. Wenn die Stille eintritt, sind Hunger und Durst unspürbar; die Briefe können nicht mehr gelesen werden. Die Antwort bleibt aus. Es klingt so, wenn ich mich aus allen Umarmungen löse für eine andere Glückseligkeit.

DER GEFANGENE *es entsteht der Eindruck, daß er »aufspringt«, stehend spricht* Wissen Sie, was mir scheint? Ich werde gehen müssen, wenn es nicht zu spät werden soll. Und wissen Sie, was mir auch scheint? Entscheidungen werden so unmerkbar getroffen. Ich würde jetzt mein Bündel schnüren, wenn ich eins hätte.

ROBINSON So werde ich Ihnen eins richten müssen.

DER GEFANGENE Das Bündel waren die Butterbrote und Bücher, als wir zur Schule gingen.

ROBINSON Aktenmappen und Brieftaschen, als wir zur Arbeit gingen.

DER GEFANGENE Die Gardenie und das mit Lavendelwasser betupfte Taschentuch, als wir abends aus dem Haus gingen und uns noch einmal die Krawatte vor dem Spiegel zurechtrückten.

ROBINSON O ja, manchmal hielten wir auch Rosen im Papier versteckt. Es war so peinlich, wie mit einem Bukett zu einer Beerdigung zu müssen.

DER GEFANGENE Natürlich war es auch peinlich. Aber in jeder Zeit, zu jeder Stunde hatten wir ein Bündel.
Hier sind zwei Flüchtlinge zusammengetroffen mit leeren Händen. Sie haben ein paar gesellige Stunden verbracht. Der Mittag ist um, und im Hafen wird das Schiff wieder einkehren. Was geschieht? Ich sehe, Sie sind mit sich ins reine gekommen. Sie nehmen den Anzug vom Bügel, ein ordentliches Stück, dem ich lebenslänglich gebe. Kammgarn, hell und sommerlich gestrählt. Jetzt zittert Ihre Hand ein wenig; Sie hängen ihn über die Sessellehne, als senkten Sie eine Fahne, als verlangte ich, daß Sie Ihren Degen nachwerfen.

ROBINSON Ich glaube nicht, daß ich den Anzug noch tragen werde. Ich würde mich bedrängt fühlen unter den Nähten.

DER GEFANGENE Vielleicht sind nur Ihre Schultern ein wenig breiter geworden vom Schwimmen; das zerrt und zieht eine Weile. Bald spürt man es nicht mehr.

ROBINSON Nehmen Sie ihn!

DER GEFANGENE Ein ordentliches Stück. Es ist nur schade, daß er mir nicht paßt.

ROBINSON Versuchen Sie's.

DER GEFANGENE Nein. Er kann mir nicht passen. Es ist Ihr Anzug. Ein Wagen hält vor der Kurve am Tor. Gleich wird seine Tür aufspringen, gleich zufallen. Es ist die Mittagsstunde, die wesenloseste Stunde auf den Inseln. Sie sehen dann aus wie die Trümmer einer Illusion. Farblos, ins Bräunliche spielend. Verbranntes Meer, verbranntes Land. So sagten wir *dort*. Der Himmel hat den verschleierten Blick. Die Lidspalte zwischen Ost und West zeigt das Augenweiß. Die Pupille ist nicht zu sehen. Schritte kommen herauf. Für den verlorenen Sohn wird das Kalb geschlachtet, und unter Brüdern wird ein Anzug getauscht. Der Handel ist nicht gut. Denn ich bin dieser Welt nie verlorengegangen; sie hat mich nur versetzt, transferiert auf den Außenposten. Sie hat ihre Augen immer auf mir. Mein Anzug ist angemessen und so wenig zu verhandeln wie der Ihre. Ich höre die Schritte, unweit vom Tor, und ging nicht alles in der Konturenlosigkeit des Mittags verloren, in diesem quälenden, monotonen Lärm, könnt ich sie ausnehmen: Schritte einer Frau aus gelockerten Gliedern. Die Schritte von zwei Männern, die ihre Gewehre von den Schultern rutschen lassen und sich ein wenig fürchten. Darum treten sie fest auf – zwei Burschen, die lieber auf Singvögel als auf Menschen Jagd machen.
Es ist gut.

EINE FRAUENSTIMME, ZÄRTLICH UND HELL Mach auf, du Pirat!
EINE MÄNNERSTIMME Öffnen Sie!
EINE ZWEITE MÄNNERSTIMME Im Namen des Gesetzes, öffnen Sie.

Eine kleine Faust und zwei harte Fäuste trommeln ans Tor. Die Musik nimmt das Trommeln auf in ihre gewohnte Weise.

DER GEFANGENE Es ist soweit.
ROBINSON Ich kann nicht.
DER GEFANGENE Öffnen Sie!
ROBINSON Ich kann nicht.
DER GEFANGENE Dann werde ich es tun.

Musik.

ERZÄHLER Während er seinen Bleistift spitzt, fällt ihm ein, daß sein Name ein paar Jahre lang überhaupt nicht existierte; dann wurde er verstümmelt. Jetzt nennen sie ihn wahrhaftig »Benedetto«. Was für ein Leben! Benedikt setzt die Bleistiftspitze nachdenklich aufs Papier und zeichnet ein paar Kringel. Er hat einen Pullover um die Hüften geschlungen. Man muß sich auch an heißen Tagen warm halten – ein Geheimnis, hinter das man erst nach vielen Jahren im Süden kommt. Die Redaktion ist nicht nach seinem Geschmack. In der Steinbodenwüste mit der Front verdunkelter französischer Fenster zum Meer stehen ein Tisch, zwei Stühle und ein Regal. In den Ecken stapeln sich alte Zeitungsnummern, Notizblöcke und Kinoprogramme. Aber so vieles war nicht nach seinem Geschmack gewesen. Wie lang ist das her, daß die Insel ihm Zuflucht gewährte, daß er hier am Ufer niedersank und Gott dankte für seine wunderbare

Rettung? Antonios Vater hatte ihn versteckt gehalten, wenn Streifen nach Flüchtigen suchten, und später, als er hätte zurückgehen können, der Rauch nach dem Krieg sich verzogen hatte, hielt ihn etwas ab. Er spürte wohl Lust, den täglichen Kampf wieder aufzunehmen, seine Ja- und Nein-Stimme wieder abzugeben, wie er es so gern getan hatte, ehe man keine Stimme mehr abgeben durfte. Aber es war so lange her. ›Ich bin abgeschnitten, und die Jahre gibt mir keiner zurück. Freiwillig hätte ich es nie getan‹, sagte er sich. Nun saß er hier und sah sich die großen Abenteurer an, hinter denen die Schergen her waren. Die Schergen hießen Krankheit und Rausch, Liebe und Enttäuschung, Tod und Vergangenheit und die Erinnerung daran. Dabei hatte er wieder lachen gelernt; er lachte herzlich und ingrimmig. Das konnte heißen: Ihr habt es nötig! Es ist die Zeit der Heckenrosen im Schwarzwald gewesen, und ein paar Freunde sagten zu mir: ›Es ist besser, du gehst jetzt.‹ Ich nahm die Tarnkappe und legte die Strecke zurück. Aber ich sehe euch mit Wohlwollen zu, obwohl ihr nicht wißt, was das heißt – unsichtbar sein! Solang die Henker nicht aus Fleisch und Blut sind, könnt ihr den Kopf noch aus der Schlinge ziehen. Ich statte hier einen Dank ab. Die Insel ist grün, nur im Sommer ein wenig verbrannt, und wer hier leben muß, lebt wie überall. Das Brot ist teurer geworden, Lavinia klagt über Krampfadern und Antonio treibt es zu bunt. Er sollte heiraten.

BENEDIKT Antonio?

ANTONIO Ja, Benedetto.

BENEDIKT Das gibt eine schöne Meldung. Die Carabinieri haben den armen Teufel gefaßt.

ANTONIO Ja, Benedetto.

BENEDIKT Das *gäbe* eine schöne Meldung. Denn wir werden sie nicht bringen. Verstehst du? »Grüne Insel,

Reich meiner Träume«. *Er wiederholt den Text ungeschickt zu einer Melodie.* Man muß auf die Träumer Rücksicht nehmen.

ANTONIO Ja, Benedetto.

BENEDIKT Wie wäre es mit dem Hundefest unseres spanischen Granden? Insel wird Tierparadies. Die andren ärgern sich schon, schlafen noch schlechter, seit die Meute vereint unter dem Mond heult. Bahren und Grabsteine für Hunde gesucht! Das ist rührend und verspricht eine neue Industrie.

ANTONIO Ja, Benedetto.

BENEDIKT Und wer ist alles angekommen? Zu viele Hochzeitsreisende, zu viele Sekretärinnen. Die Statisterie wird zu groß. Aber es wird mehr Trinkgelder geben.

ANTONIO Ja, Benedetto.

BENEDIKT Und wer reist alles ab? Die Ballerina, weil sie einen Arzt braucht. Hier wird es zu gefährlich, die Krämpfe nehmen zu und sind unerklärlich. Antonio, schau mich an!

ANTONIO *unschuldig* Ja, Benedetto.

BENEDIKT Und wie hieß doch der Mann, der so resolut das kleine weiße Haus bewohnte, auf der Nasenspitze, die der Hügel ins Meer hebt? Kein Abonnent. Tat alle Arbeit allein. Wusch sich vermutlich auch die Hemden selbst. Was soll man da sagen! Du wirst auf die Gemeinde gehen und dich erkundigen.

ANTONIO *gähnt* Ja, Benedetto.

BENEDIKT Aber es lohnt nicht. Es hat ihn kaum jemand gekannt.

ANTONIO Ja, Benedetto.

BENEDIKT Mach die Fenster auf, Antonio. Das Mittagsdunkel schläfert ein, und ich möchte die Zikaden hören. Vielleicht lohnt es doch. Wir machen uns einen kleinen Scherz und nennen unsren Mann Robinson. Robinson hat dem Schiff gewunken. Robinson kehrt heim.

ANTONIO Ja, Benedetto.

BENEDIKT Du bist ein Ignorant, Antonio, aber du tust recht dran, einer zu bleiben. Was kümmern wir euch? Es gibt noch Augenblicke, wo ich »euch« sage und mich nicht dazuzähle. Aber eine Wunde heilt, wenn man sie nicht berührt.

ANTONIO Ja, Benedetto.

BENEDIKT Nach meinem Geschmack wäre es, über andre Dinge zu schreiben. Über unsre Späße zum Beispiel. Als man die Wasserleitung bauen wollte, paßte kein Rohr ins andre. Als sich der Hai in unsre Gewässer verirrte, tanzte er mit drei Booten im Schlepptau vor dem Sonnenkap, eh er erschöpft war und sie ihn einbrachten. Dann lag er noch stundenlang auf dem Strand und tanzte wieder, daß die Erde erzitterte. Als Franco dem Heiligen Leonhard die Uhren vom Arm stahl, verprügelten wir ihn. Und als Maria ihre drei Kinder kreuzigte, weil ihr Mann sie verließ, konnten wir einen Tag lang nichts essen, so elend war uns.

ANTONIO Ja, Benedetto.

BENEDIKT Das steht auf einem anderen Blatt. Wir müssen mit der Arbeit anfangen. Laß die Fenster nur offen, Antonio. Bald wird es still. Dann machen die Läden auf, und alle kommen aus den Häusern. Abends gehen wir zum Hafen oder ins Kino unterm freien Himmel, und wenn der Lärm am größten ist, ist es am schönsten.

ANTONIO Ja, Benedetto.

BENEDIKT Dies ist ein andrer Lärm. Er kommt aus dem Gebüsch, aus den Bäumen oder aus der Erde, meint man. Aber es hat folgendes damit auf sich: die Zikaden waren einmal Menschen ... Ach, Antonio, wo kämen wir hin mit unseren Geschichten! Fangen wir also an. Schreiben wir: Robinson kehrt heim ...

Musik.

ERZÄHLER Es ist gut. Ein andrer wird in das kleine Haus ziehen, und wenn der Wind das Terrassendach zerzaust, wird er das Rohr glattstreichen. Gegen Ende des Sommers wird die Zisterne wenig Wasser haben. Davon wird er viel Aufhebens machen, bang hinunterschauen und manchmal den flinken Aal sehen, der sie rein hält und nach den Fliegen schnappt, die an den Spinnenseilen hinuntergeglitten sind. Einige Fremde werden noch gehen; neue werden kommen. Wenn viele kommen, wird der Preis für die Einsamkeit steigen und der Strand sich füllen. In der Sonne werden die blassen Gesichter gebrannt, und der Sand läuft durch die Hände, bis ein Schatten die Insel überflügelt und eine Feder fällt, die in den Wind geblasen wurde. Nun? Hier ist eine Insel, und was willst du? Soll die Sonne das Messer ziehen und der Vulkan die Asche auf dein Haupt tun? Willst du nicht aufstehen und sehen, ob diese Hände zu gebrauchen sind? Oder willst du dir die Welt erlassen und die stolze Gefangenschaft?
Such nicht zu vergessen! Erinnre dich! Und der dürre Gesang deiner Sehnsucht wird Fleisch.
Es verklingt eine Musik, die wir schon einmal gehört haben. Ich kenne sie, und du kennst sie auch. Eine Tür fällt zu im Wind, und eine Straße läuft vom Himmel übers Meer zur Erde zurück.

Musik.

ERZÄHLER Die Insel und die Personen, von denen ich erzählte, gibt es nicht. Aber es gibt andere Inseln und viele Menschen, die versuchen, auf Inseln zu leben. Ich selbst war einer von ihnen, und ich erinnere mich, daß mir eines Tags, als ich zum Strand hinunterging, einer entgegenkam und wegsah. Ich verstand sogleich, weil ich selbst nicht gesehen werden wollte. Er mußte mit dieser

»Geschichte« fertig werden – ich glaube, es war eine unangenehme und traurige Geschichte, die er mir so wenig erzählt hätte wie ich ihm die meine. Ja, ich glaube, es war gegen Mittag, als wir im Begriff waren, aneinander vorbeizugehen. Da geschah etwas, das uns dran hinderte. Ein Geschrei aus trockenen Kehlen brach los, eine Musik, könnte ich auch sagen, ein wilder, frenetischer Gesang, der vom Hügel herunter, über den Weg und zum Meer stürzte. Wir blieben stehen und sahen einander erschrocken an.

Denn die Zikaden waren einmal Menschen. Sie hörten auf zu essen, zu trinken und zu lieben, um immerfort singen zu können. Auf der Flucht in den Gesang wurden sie dürrer und kleiner, und nun singen sie, an ihre Sehnsucht verloren – verzaubert, aber auch verdammt, weil ihre Stimmen unmenschlich geworden sind.

Der gute Gott von Manhattan

Personen

Der gute Gott
Der Richter
Jan, ein junger Mann aus der alten Welt
Jennifer, ein junges Mädchen aus der neuen Welt
Billy
Frankie } zwei Eichhörnchen
Ein Wärter
Ein Gerichtsdiener
Eine Zigeunerin
Ein Bettler
Eine Frau
Ein Portier
Ein Liftboy
Zeitungsverkäufer
Ein Polizist
Zwei Kinder
Ein Barmann
und Stimmen, monoton und geschlechtslos

Im Gerichtssaal

Der Ventilator ist angestellt, denn es ist Hochsommer.

GERICHTSDIENER *vom Eingang her in den Raum sprechend* Euer Gnaden . . .
RICHTER Ja?
GERICHTSDIENER Darf der Angeklagte hereingebracht werden?
RICHTER Ja. Und stellen Sie bitte den Ventilator ab.
GERICHTSDIENER Mit Verlaub. Bei dieser Hundehitze?
RICHTER Stellen Sie ihn ab!

Die Tür öffnet sich; ein Wärter tritt mit dem Angeklagten ein.

WÄRTER Euer Gnaden, der Angeklagte! *Gedämpft.* Hierher. Sie haben stehenzubleiben während dem Verhör, verstanden?

Der Ventilator dreht sich langsamer und bleibt stehen.

RICHTER *mit veränderter Stimme* Setzen Sie sich!
WÄRTER *leise, eifrig* Setzen! Setzen Sie sich. Es ist erlaubt.
RICHTER Und Sie können gehen, Sweeney. Auch Sie, Rossi.
WÄRTER Wie Sie befehlen.
GERICHTSDIENER Danke, Euer Gnaden.

Die beiden Männer verlassen den Raum. Es ist einen Augenblick lang still. Der Richter blättert in den Papieren.

RICHTER *undeutlich sprechend, während er einige Eintragungen macht* New York City, den . . . August, neunzehnhundertund . . . fünfzig . . . *Dann rascher, mit klarer, gleichgültiger Stimme.* Sie heißen? Sie sind geboren? Wann? Wo? Hautfarbe? Statur? Größe? Religiöses Bekenntnis? Durchschnittlicher Alkoholkonsum? Geisteskrankheiten . . .

ANGEKLAGTER Ich wüßte nicht.

RICHTER *im gleichen Ton fortfahrend* Verdächtigt des Mordes an . . .

ANGEKLAGTER An?

RICHTER *freundlich, ohne Absicht* Mörderisch, diese Hitze. So heiß war es noch in keinem Sommer. Erinnern Sie sich? Nur vor sechs Jahren, als Joe Bamfield und Ellen . . . Ellen . . .

ANGEKLAGTER Ellen Hay.

RICHTER Richtig. Als beide getötet wurden durch eine Bombe. Damals war es ähnlich heiß.

ANGEKLAGTER Ich erinnere mich.

RICHTER *entschuldigend* Natürlich sind wir nicht hier, um uns über hohe Temperaturen zu unterhalten.

ANGEKLAGTER Ich will es hoffen.

RICHTER Aber es wäre töricht, wenn ich Sie die Fragen beantworten ließe, auf die ich die Antworten schon weiß.

ANGEKLAGTER *herablassend* Sie?

RICHTER *während er wieder eine Eintragung macht, nebenbei* Es ist doch zum Beispiel richtig, daß Sie drei Zimmer in einem alten Haus an der Ecke der 63. Straße und der Fifth Avenue in der Nähe des Zoos bewohnten . . .

ANGEKLAGTER Ah.

RICHTER Verhaftet wurden Sie von den Polizeileuten Bondy und Cramer in der Hotelhalle des Atlantic Hotels, als Sie, kurz nachdem es geschehen war, dem Ausgang eilig zustrebten . . .

ANGEKLAGTER *ironisch* Zustrebten!

Richter Es ist doch richtig, daß Sie . . .

Angeklagter Gewiß ist es richtig. Aber verzeihen Sie, daß ich auf die erste Frage zurückkomme. Sollten Sie auch wissen, wer ich bin?

Richter *nach einer kurzen Pause, zögernd, schüchtern* Der gute Gott von Manhattan. Manche sagen auch: der gute Gott der Eichhörnchen.

Angeklagter *abwägend* Der gute Gott. Nicht schlecht.

Richter *hastig* In Ihrer Wohnung wurden drei Säcke mit Eichhörnchenfutter gefunden.

Angeklagter Und beschlagnahmt? Schade. Ich war ein Geschäft für Manhattan. Oder haben Sie je jemand gesehen, der die vielen Automaten für Nüsse in den Untergrundbahnhöfen benützt hätte?

Richter Sie haben diese Nüsse also für die Tiere gekauft. Sie sind Tierliebhaber? Es soll Länder geben, in denen diese Nagetiere scheu und unschuldig sind; aber sie sehen gemein und verdorben aus bei uns, und es heißt, sie seien mit dem Bösen im Bund. Oder sind Sie Tierhändler? Züchter? Ich mache Sie darauf aufmerksam, daß ich jetzt mit dem Verhör beginne.

Angeklagter Ich weiß nicht, ob ich irgend jemands Neugier stillen kann. Was erwarten Sie von mir? Rechtfertigung? Im besten Fall könnte ich Sie aufklären. Aber wenn Sie einem alten Mann erlaubten, Ihnen einen Rat zu geben . . .

Richter Es scheint, daß ich mich gut gehalten habe. Ich bin selber nicht mehr der Jüngste.

Guter Gott Fangen Sie mit dem Anfang an oder mit dem Ende! Bringen Sie ein System in die Befragung. – Ich sehe, Sie haben mein Amt ausgeräumt und alle Karteikarten und Korrespondenzen vor sich. Bequemer können Sie es nicht haben. Meine Arbeit war langwieriger, minutiös, detektivisch, und ich hätte sie nicht ohne die

Eichhörnchen machen können. Sie waren mein Nachrichtendienst, die Briefträger, Melder, Kundschafter, Agenten. Mehrere hundert waren mir untertan, und zwei von ihnen, Billy und Frankie, hatte ich als Hauptleute. Auf sie war wirklich Verlaß. Ich legte nie eine Bombe, ehe die beiden nicht den Ort gefunden und die Zeit errechnet hatten, an dem es todsicher, in der es todsicher . . .

RICHTER Todsicher – was?

GUTER GOTT . . . die treffen mußte, die gemeint waren.

RICHTER Wer war gemeint?

GUTER GOTT Oh! Sie wissen es nicht? *Neugierig.* Wie sehen Sie die Sache?

RICHTER Ich sehe sie nicht mehr. Ich sah eine Kette von Attentaten gegen Menschen, die niemand bekümmert hatten, ausgeführt von einem unauffindbaren Wahnsinnigen.

GUTER GOTT Ich dachte, Sie nähmen die Gutachten Ihrer Psychiater ernst.

RICHTER Ich war nur dieser Meinung, ehe Sie mir als Urheber dieser Vorkommnisse bekannt waren.

GUTER GOTT Urheber. Sehr gut. Der Urheber.

RICHTER Die Erhebungen sind jetzt abgeschlossen. Mit Ausnahme des letzten Falles allerdings.

GUTER GOTT Der letzte »Fall« – wie Sie ihn in Ihrem zweifelhaften Jargon zu nennen belieben – ist auch für mich nicht abgeschlossen. Ich wüßte gerne, da ich keine Gelegenheit hatte, meine Aufgabe wirklich zu Ende zu führen, was aus dem jungen Mann wurde, der entkommen ist.

RICHTER Entkommen?

GUTER GOTT Er dürfte nicht einmal verletzt worden sein.

RICHTER Verletzt nicht. Aber . . .

GUTER GOTT Ist er nicht abgereist?

RICHTER Gewiß. Er nahm sogar noch am selben Abend das Schiff nach Cherbourg.

GUTER GOTT Ah! Sehen Sie: und dieser Mensch hatte geschworen, er werde das Schiff nicht nehmen, sondern leben und sterben mit ihr, sich Ungewißheit und Not überantworten, seine Herkunft und seine Sprache vergessen und mit ihr reden in einer neuen bis ans Ende seiner Tage. Und er nahm das Schiff, und er hat sich nicht einmal die Zeit genommen, sie zu begraben, und geht dort an Land und vergißt, daß er beim Anblick ihres zerrissenen Körpers weniger Boden unter sich fühlte als beim Anblick des Atlantik.

RICHTER Ja, er hat dieses Mädchen nicht begraben.

GUTER GOTT Nicht einmal begraben! Er verdient wirklich zu leben! – Aber ich werde Ihnen jetzt sagen, wie es kam. Wie heißt es? Die ganze Wahrheit und nichts als die Wahrheit. Ich bin auch Kronzeuge und werde bald den Angeklagten hinter mir zurücklassen.

RICHTER *unfreundlich* Ich bin bereit.

GUTER GOTT Es ist kaum zwei Wochen her, daß ich Nachricht erhielt von dem Vorfall auf dem Grand Central Bahnhof. Durch ein sehr untergeordnetes Tier, dessen Diensten ich noch nie Bedeutung beigemessen hatte und das erst seine Probezeit machte.

RICHTER Was war geschehen auf dem Bahnhof?

GUTER GOTT Nichts Besonderes. Gegen fünf Uhr nachmittag, kurz nachdem der Schnellzug aus Boston in der Unterwelt von Grand Central eingelaufen war und die Reisenden sich in den Hallen und vor den Ausgängen verliefen, als sie den rotglühenden und grünenden Pfeilen nachgingen, als die Orgelmusik aus den Wänden quoll – als alle Uhrzeiger liefen und das Licht ohne Unterlaß in den Röhren tanzte gegen die immerwährende Finsternis, waren zwei Neue angekommen. Das ist nichts Besonderes, könnte man meinen, und man soll's ruhig meinen. Und doch sind es der Ort, die Stellung eines Uhrzeigers, eine unglaubliche Musik, ein zitternder Zug auf einem Schienenstrang und ein Knäuel von Menschenstimmen, die möglich machen, daß es wieder beginnt.

RICHTER Was beginnt?

GUTER GOTT *ganz in der Erinnerung* Sie ging hinter ihm in Weiß und Rosa. Es waren so viele Stimmen da, und ihre war nichtig; es gab so viele Möglichkeiten, und diese war die unmöglichste, aber sie versuchte es.

STIMMEN *ohne Timbre, ohne Betonung, klar und gleichmäßig*

GEHEN BEI GRÜNEM LICHT WEITERGEHEN
DENK DARAN SOLANGE ES ZEIT IST
DU KANNST ES NICHT MIT DIR NEHMEN
WEITERGEHEN SCHNELLER SCHLAFEN
SCHNELLER TRÄUMEN MIT UNS
WOLKENBRÜCHE NIEDERSCHLÄGE SCHNELLER
ERDBEBEN LEICHTER SICHERER
BEI GRÜNEM LICHT DENK DARAN
VORSICHT VOR DER ROTEN UND BRAUNEN
DER SCHWARZEN UND GELBEN GEFAHR
WAS SOLLEN SICH UNSRE MÖRDER DENKEN
DU KANNST ES NICHT HALT!
BEI ROTEM LICHT STEHENBLEIBEN!

Auf dem Grand Central Bahnhof

JENNIFER Sie suchen den Ausgang?

JAN *zusammenhanglos, abwehrend* Bitte?

JENNIFER Ich dachte, weil ich Sie schon in Boston gesehen habe, daß Sie hier fremd sind.

JAN Bemühen Sie sich nicht. Ich werde mich zurechtfinden.

JENNIFER Wie hat Ihnen Boston gefallen?

JAN Nun.

JENNIFER Und New York. Mögen Sie New York?

JAN Danke. Ich kenne es noch nicht.

JENNIFER Ich saß im selben Waggon, die ganze Fahrt lang. Zwei Reihen hinter Ihnen. Sie waren bei unserem letzten Tanzfest in der Universität.

JAN Ja. Zufällig.

JENNIFER Ich heiße Jennifer. Sie sahen einmal zu mir herüber, und ich dachte, Sie würden mit mir tanzen.

JAN Ich kann nicht tanzen.

JENNIFER Das habe ich Ihnen angesehen. *Wie auf einen Fragebogen antwortend.* Mir gefallen Europäer. *Zögernd.* Und was führt Sie nach New York?

JAN Der Wunsch, abzureisen. Mir bleiben nur noch ein paar Stunden oder ein paar Tage bis zum nächsten Schiff.

JENNIFER Das ist schrecklich. Müssen Sie zurück?

JAN Ich muß nicht, aber ich will. Sagte ich es nicht schon?

JENNIFER *sprachlos* Nein!

JAN *höflich* Ja. Auf Wiedersehen. Es war mir ein Vergnügen.

JENNIFER Dann werde ich in dieses fliederfarbene Taxi steigen. Und Sie können das weiß-blaue dahinter nehmen. Die beiden werden sich noch oft begegnen, auf dem Broadway und weiter oben in Bronx. Aber Sie werden nicht mehr darinnen sein und ich auch nicht.

JAN *nach kurzem Nachdenken* Hören Sie –

JENNIFER Jennifer.

JAN Flieder steht Ihnen nicht. Wie alt sind Sie?

JENNIFER Dreiundzwanzig.

JAN Und was tun Sie?

JENNIFER Ich studiere politische Wissenschaften, aber erst seit kurzem, und ich möchte mir auch die Welt ansehen. Ich kenne Hotels in Boston und Philadelphia und vielleicht bald in Paris, aber ich kenne keines in New York. Das ist verrückt, nicht wahr?

JAN Ich bitte Sie.

JENNIFER Ich könnte Ihnen also nicht einmal nützlich sein.

JAN Dann können Sie auch mit mir kommen, weil es zu verrückt ist, daß Sie sich hier nicht auskennen. Ich kenne zwar auch kein Hotel, aber es kränkt mich nicht. Übrigens habe ich Hunger und muß zuerst etwas essen, ehe ich weiterdenke.

Menschen gehen vorüber, ein paar Stimmen schieben sich zwischen die beiden, und Jennifer geht ein paar Schritte weiter.

JAN Jennifer! – So warten Sie doch! *Atemlos, näher.* Was tun Sie?

JENNIFER *atemlos* Nüsse! Ich hole Nüsse aus dem Automaten, weil Sie hungrig sind. So macht man das –

Wenn sie den Hebel niederdrückt, löst er ein paar Takte Musik aus, eine Musik, die noch öfter zu hören sein wird.

JENNIFER Die Musik dazu ist umsonst. Für ein Geldstück bekommt man Nüsse und Musik fürs ganze Leben.

JAN *belustigt* Mein Gott, das sieht aus wie Eichhörnchenfutter.

JENNIFER Sie sind ganz frisch. Das möchte ich beschwören. *Listig.* Und ich möchte beschwören, daß die Eichhörnchen ihr ganzes Geld hierhertragen, damit immer gutes Futter nachgefüllt wird.

JAN *heiter* Wissen Sie, Jennifer, was ich gesehen habe?

Ein Eichhörnchen. *Geheimnisvoll.* Und es hat mir einen Brief zugesteckt.

JENNIFER Ach!

JAN Darin steht: »Sag es niemand!«

JENNIFER Und weiter?

JAN »Du wirst diesen Abend mit Jennifer auf der himmlischen Erde verbringen . . .«

JENNIFER Warum »himmlische Erde«?

JAN Weil das ihr Name hier ist. Ma-na Hat-ta. So haben es mir die Indianer erklärt. Aber sie waren kostümiert und so echt wie die Büffel, die man auf den Rennbahnen das Laufen lehrte.

JENNIFER Von wem kommt der Brief?

JAN Ich kann die Unterschrift nicht lesen. *Kauend.* Die Nüsse sind sehr gut, aber wir müssen trotzdem etwas Vernünftiges essen. Was ist vernünftig?

JENNIFER Italienisches und Chinesisches, Spanisches und Russisches. Die Artischocken schwimmen im Öl; es gibt bleichen Tee zu Schwalbennestern und Lauch zu den zarten Schlangen, und die Früchte aller Meere vor den Früchten aller Länder.

JAN Ich hätte Lust auf Eisluft, weil es so warm ist, und einen Raum mit etwas Dämmerung, auf Schneehühner und ein Getränk, das aus Grönland kommt, mit Eisschollen darin. Und ich möchte Sie ein paar Stunden lang ansehn, kühle Schultern, kühles Gesicht, kühle runde Augen. Glauben Sie, daß das möglich ist?

JENNIFER Ich glaube es fest.

In einer Nachtbar *dann* auf der Straße *später* in einem Stundenhotel

Die Musik erklingt und bricht ab.

JENNIFER *mit einer verlangsamten Stimme* Es ist ja nicht wahr, daß du nicht tanzen kannst.

JAN Komm, wir gehen.

JENNIFER Meine armen Hände. Meine armen, armen Schultern. Bitte, tu das nicht. Tu mir nichts.

JAN Es ist zwei Uhr früh.

JENNIFER Wo sind wir denn? Warum singen denn die Kellner nicht mehr?

JAN Trink nicht mehr! Das war früher. Hier singen die Kellner nicht.

JENNIFER Warum nicht?

ZIGEUNERIN *hinzutretend, plötzlich* Einen Augenblick. Schenken Sie mir einen Augenblick. Ihre Hand, Fräulein. Ich will Ihnen die Zukunft aus der Hand lesen.

JAN Komm!

JENNIFER Ja, die Zukunft. Warte! Sie will mir die Zukunft sagen. Zeig ihr auch deine Hand. Sie ist eine echte Zigeunerin: braun, rot und so traurig. Sind Sie echt, liebe Frau? – Nun?

ZIGEUNERIN Ich kann nichts lesen in deiner Hand. Hast du dir wehgetan?

JENNIFER Er war es. Er hat seine Nägel hineingeschlagen. Es tut noch sehr weh.

JAN Jennifer!

JENNIFER Nichts? Gar nichts?

ZIGEUNERIN Ich könnte mich irren.

JAN *kalt* Nicht möglich.

JENNIFER Und seine Hand?

ZIGEUNERIN Sie werden lange leben, junger Herr, und Sie werden nie vergessen.

JAN *ironisch* Ich wagte es kaum zu hoffen.

JENNIFER *aufgebracht* Aber Sie haben ja seine Hand nicht angesehen!

JAN Beruhige dich. Zigeunerinnen genügt schon ein Blick in den Satz des Glases, aus dem man getrunken hat. In meinem schwimmt noch eine Zitronenschale. Das ist bezeichnend.

ZIGEUNERIN Ja, und gute Nacht.

JENNIFER *leise* Sie hat das Geld nicht genommen. – Weißt du, ich wüßte gern, wo ich überall war mit dir.

JAN Für das Tagebuch? Für das Notizbuch?

JENNIFER Ich glaube, es ist nichts für das Tagebuch.

JAN Die frische Luft wird dir gut tun. Gib acht, es geht über drei Stufen.

JENNIFER Zwei Uhr früh. Und wer sitzt hier noch auf den Stufen? Armer Mann, gehen Sie nicht schlafen?

BETTLER Dank der Nachfrage. Denn was ein armer Mann wie Mack vermag ...

JENNIFER Sie sind Schauspieler?

BETTLER Eingegangen in die schmerzensreiche Stadt und in die immerwährende Qual, verloren unter Verlorenen. Um eine kleine Gabe bitte ich für mich und meinesgleichen.

JENNIFER *flüsternd* Ein Säckchen mit Nüssen habe ich, zwei Dollar und einen Schal. Nehmen Sie's.

BETTLER In keinem Namen. Und vergelt's niemand. Wir sind zu viele hier, Fräulein, in der Bettlerstadt. Haben keine Farbe. Neiden den Weißen und Schwarzen die Haut. Endstation Bowery. Aber Sie gehören in die Hochbahn mit Ihrem Kavalier, eh sie abgerissen wird. Hier stinkt alles zu sehr zum Himmel. Die Station ist links um die Ecke. Wünsche wohl zu ruhen.

JENNIFER Danke. *Im Gehen, aufatmend.* Mein Kavalier. Ich bin zu müde, um heimzufahren. Gehen wir.

JAN Spätestens um zehn muß ich morgen ... Verzeih. Wir gehen jetzt ins erste Hotel, das wir finden. Ist es dir recht?

JENNIFER Sag mir noch einmal etwas über meine Augen!

JAN Ich glaube, es hat keinen Sinn, noch lange zu suchen. So spät.

JENNIFER Oder über meinen Mund. Wie war das? Du hast mit dem Strohhalm meine Lippen berührt, und mit deinem Knie meine Knie ... Und dann sagtest du:

JAN Pas d'histoire.

JENNIFER Nein.

JAN Dann sage ich dir jetzt, daß ich es schätzen würde, wenn du keine Geschichten machtest.

JENNIFER *fröstelnd* Laß uns noch weitergehen, lange gehen.

JAN Es ist bald Morgen, mein Kind. Was tust du denn sonst um die Zeit?

JENNIFER Schlafen. Aber am Wochenende, wenn es ein Tanzfest gibt, bleibe ich auch solange auf. Und Artur küßt mich zur Guten Nacht, oder Mark, oder Truman. Hast du Truman nicht gesehen? Er war damals mit mir und ist sehr, sehr nett. Du mußt mich jetzt auch zur Guten Nacht küssen.

JAN Es ist etwas für Truman oder Mark.

JENNIFER Du mußt natürlich nicht. Sag es niemand. *Sie bleiben stehen.* Was willst du denn hier, in diesem fürchterlichen Haus?

JAN Sei vernünftig.

Sie gehen ins Haus.

FRAU *mit schläfriger, unangenehmer Stimme* Wünschen?

JAN Haben Sie noch ein Zimmer frei?

FRAU Nur noch hier unten. Nummer eins. Bezahlt wird im voraus. Der Schlüssel. Bis Mittag räumen.

Sie gehen, ohne zu sprechen, durch den Korridor, er sperrt die Zimmertür auf und dann ab, wenn sie eingetreten sind.

JENNIFER Man geht nicht mit einem Fremden in ein Hotel, nicht wahr?

JAN Mir sind diese Redensarten bekannt.

JENNIFER Oh, diese furchtbare Luft. Nicht einmal einen Ventilator gibt es.

JAN Ist das so schlimm?

JENNIFER Nein. Aber ich kann doch jetzt nicht, kann nicht. Ich weiß ja nichts von dir. Oh, bitte, erzähl mir etwas von dir. Laß uns reden und überlegen.

JAN Zieh dich aus!

JENNIFER *weinerlich* Meine armen Hände. Meine armen, armen Hände. Sieh sie dir bloß an.

JAN Hast du mich nicht aufgefordert zu allem? Es ist mir noch nie in den Sinn gekommen, jemand so weh zu tun.

JENNIFER Wenn wenigstens das Zimmer nicht so schmutzig und finster wäre – etwas für Fliegen, für Schaben als Aufenthalt. Und ich selbst bin schmutzig von feuchter Zuckerluft. Schmeckst du den Sirup in der Luft?

JAN *wärmer* Du bist sehr süß, Jennifer. Denk nicht daran, mach die Augen zu. *Hält inne, dann mit einer nur geringen Ironie.* Ach nein, sagte ich: »süß«?

JENNIFER *zitternd* Ja.

JAN Ich wollte etwas ganz anderes sagen. Man denkt nämlich nichts mehr dabei, weißt du? In Wahrheit denke ich, daß ich morgen früh aufs Schiffsbüro muß.

JENNIFER Was hat die Zigeunerin bloß gesagt?

JAN Etwas anderes als der Graphologe, der vor ihr an unseren Tisch kam. Deine zu kräftigen Unterlängen lassen auf Sinnlichkeit schließen, meine zu engen Großbuchstaben darauf, daß ich etwas verberge, und die fliegenden T-Striche auf kühne Phantasie. Bei gutem Willen und passenden Tierkreiszeichen ist harmonische Partnerschaft nicht ausgeschlossen. Aber, süße Jennifer, was für eine kurze Nacht werden wir beenden, ohne zu wissen, welch lange Tage der andere beendet hat!

JENNIFER *tonlos* Soll ich das Licht abdrehen?

JAN Dreh es ab. Und glaub mir, ich möchte dich ja gerne mit Schnee überschütten, damit du noch kühler wirst, als du warst, und noch mehr bedauerst. Auch ich werde es vielleicht bedauern oder vergessen im besten Fall. Man weiß so wenig vorher. Auch nachher. Eine Nacht ist zuviel und zuwenig.

JENNIFER *vorbeiredend* Ich könnte das Radio einschalten. Es muß noch ein Nachtprogramm geben. Immer, wenn ich nach Hause komme, höre ich noch Musik, vorm Einschlafen. Das ist sehr schön.

JAN Musik? Meine liebe Jennifer, jetzt wirst du keine hören – *und doch beginnt jetzt die Musik leise* – denn ich werde es nicht dulden.

JENNIFER *unter Tränen* Nein? Du bist furchtbar. Warum? Warum tust du das? Warum, warum, warum?

JAN Warum küßt du mich aber? Warum?

Die Musik, die lauter geworden ist, endet, und es ist einen Augenblick lang still.

JAN Jennifer! Wachen Sie auf! Ich bitte Sie.

JENNIFER *schlaftrunken* Wie spät ist es?

JAN Zwölf Uhr. Ich müßte schon längst . . .

JENNIFER *begreifend* Längst. Natürlich.

JAN Es sieht nur noch wie Nacht aus hier. Ein Fenster unter Tag. Ein Lichthof ohne Licht. Übrigens hatten Sie recht mit dem Schmutz.

JENNIFER Gehen Sie doch. Ich habe nicht verlangt, daß Sie auf mich warten. Sie werden Ihre Schiffskarte nicht mehr bekommen und das Schiff verlieren.

JAN Sprechen Sie nicht so, Jennifer. Sie waren reizend, und ich habe Ihnen zu danken.

JENNIFER *verändert, aufrichtig* Das ist schauerlich, nicht wahr?

JAN Was?

JENNIFER Im Dunkeln und so tief, tief unten zu erwachen. Mit diesem Geschmack im Mund.

JAN Wir werden frühstücken gehen, und dann werden Sie sich besser fühlen.

JENNIFER Nichts werde ich – und nichts mehr fühlen.

JAN *gequält, vorsichtig* Wenn du dich anziehen wolltest, Liebling. Wir können dann in Ruhe darüber sprechen. Wenn wir nur erst fort wären von hier!

JENNIFER Geben Sie mir die Kleider. Sie dürfen sie anrühren. Sie müssen sich auch nicht abwenden. *Kalt.* An welche neue Höflichkeit und Distanz wollen Sie mich gewöhnen?

JAN Es tut mir leid.

JENNIFER Obwohl ich so reizend gewesen bin?

JAN *mit Wärme* Verzeih, bitte. Ich hätte es wissen müssen.

Es wird an die Tür geklopft.

FRAU *von draußen* Räumen Sie das Zimmer oder bleiben Sie?

JAN Wir sind im Gehen.

FRAU Aber dalli dalli. *Entfernter.* Wann sollen wir aufräumen. Unerhört! Mittag vorbei. Da sollte man doch . . .

STIMMEN

WEITERGEHEN BEI GRÜNEM LICHT WEITERGEHEN
VERTRAUEN SIE UNS GESTEHEN SIE UNS
WARUM NICHT GENUSS OHNE REUE
SAGT ES ALLEN, SAGT ES DER WELT
VORMERK AUF SONNEN EIN KONTO AM MOND
TRAUMSTOFF DICHTER LICHTER BRENNBARER
IHR LETZTES HEMD DER WEG ALLER DINGE
WARUM GEBEN SIE ANDERN DIE SCHULD

PULVERT AUF SPORNT AN BERAUSCHT
IN DIE BREITE GEHEN IN DIE FERNE SEHEN
DENK DARAN BEI ROTEM LICHT:
STEHENBLEIBEN! DU KANNST ES NICHT –

JAN Ein Brief vom Eichhörnchen?
JENNIFER *endgültig* Kein Brief vom Eichhörnchen.

Im Gerichtssaal

GUTER GOTT So fing es an.
RICHTER Es sieht nach Ende aus.
GUTER GOTT Sie verstehen nicht. Jetzt war die Gefahr im Verzug, und ich witterte, daß es wieder einmal angefangen hatte. Von diesem Augenblick an erst machte ich mich an die Verfolgung.
RICHTER Was war da zu verfolgen? Ich kann nichts Ungewöhnliches drin sehen, daß ein junger Mann auf Reisen – *räuspert sich* – ein kleines Abenteuer sucht und findet. Reisebekanntschaften. Das Übliche. Nicht sehr gewissenhaft, etwas leichtfertig. Aber ein Fall wie viele Fälle.
GUTER GOTT Kein Fall. Der Tag war da. Die Nachtfiguren versanken.
RICHTER *tastend* Sie sind ein Moralist? Empören sich darüber?
GUTER GOTT Oh nein. Ich habe nichts gegen die Leichtfertigen, die Gelangweilten oder Einsamen, denen Pannen unterlaufen. Das will ja nicht allein sein und sich die Zeit vertreiben. Aber merken Sie nicht, daß *es* anfing? Und hören Sie, wie es anfing. Er sagte: »Ein Brief vom Eichhörnchen?«, denn es war da eine kleine Unsicherheit in ihm. Er hätte nicht so fragen sollen. Sie antwor-

tete: »Kein Brief vom Eichhörnchen.« Und er – denn sie hätte niemals so antworten dürfen – fragte weiter:

Weiter im Hotel.

JAN Hunger?
JENNIFER *unsicher* Ist das so wichtig jetzt?
JAN Ja.
JENNIFER Hunger.
JAN Auf frischen Kaffee und weißen Toast und Orangensaft?
JENNIFER Riesigen Hunger. Auf alles.

Weiter im Gerichtssaal.

GUTER GOTT Bei diesen Worten sah sie ihn wieder an, und der Tag war da.
RICHTER *während er Blätter umwendet* Sie gingen also frühstücken. Von der Cafeteria aus telefonierte er mit der Schiffahrtsgesellschaft, die ihm mitteilte, daß er am nächsten oder übernächsten Tag nochmals anfragen solle, da man ihm noch keinen Platz auf der Ile de France garantieren könnte.
GUTER GOTT Der Tag war da. In allen Senkrechten und Geraden der Stadt war Leben, und der wütende Hymnus begann wieder, auf die Arbeit, den Lohn und größren Gewinn. Die Schornsteine röhrten und standen da wie Kolonnen eines wiedererstandenen Ninive und Babylon, und die stumpfen und spitzen Schädel der Gigantenhäuser rührten an den grauen Tropenhimmel, der von Feuchtigkeit troff und wie ein unförmiger ekliger Schwamm die Dächer näßte. Die Rhapsoden in den großen Druckereien griffen in die Setzmaschinen, kündeten die Geschehnisse und annoncierten Künftiges. Tonnen von Kohlköpfen rollten auf die Märkte, und

Hunderte von Leichen wurden in den Trauerhäusern manikürt, geschminkt und zur Schau gestellt.
Unter dem Druck hoher Atmosphären wurden die Abfälle vom vergangenen Tag vernichtet, und in den Warenhäusern wühlten die Käufer nach neuer Nahrung und den Fetzen von morgen. Über die Fließbänder zogen die Pakete, und die Rolltreppen brachten Menschentrauben hinauf und hinunter durch Schwaden von Ruß, Giftluft und Abgasen.
Der wilde Sommer flog in neuen Farben auf den Lack der Autokarosserien und auf die Hüte der Frauen, die die Park Avenue herunterschwebten, an die glänzenden Hüllen für Reis und Honig, Truthahn und Krabbe.
Und die Menschen fühlten sich lebendig, wo immer sie gingen, und dieser Stadt zugehörig – der einzigen, die sie je erfunden und entworfen hatten für jedes ihrer Bedürfnisse. Dieser Stadt der Städte, die in ihrer Rastlosigkeit und Agonie jeden aufnahm und in der alles gedeihen konnte! Alles. Auch dies.

RICHTER Verbrechen. Mord.

GUTER GOTT *zurücknehmend* Ich dachte an noch etwas anderes.

RICHTER *knapp* Nun gut. Die beiden verließen also nach dem Telefonat die Cafeteria und begaben sich mit der Untergrundbahn in die 125. Straße nach Harlem. Sie besuchten dort eine Bar, in der sie zum Andenken zwei Plastikquirls mitnahmen, und zuletzt eine Kirche, aus der sie zwei Pappfächer mit Darstellungen aus dem Leben der heiligen Katharina von Siena entwendeten. In einem Grammophongeschäft wurden sie dabei getroffen, wie sie in Gesellschaft einiger Neger populäre Musikstücke anhörten, worauf sie sich, dem Rat eines Reisebüros folgend, in die Lexington Avenue begaben und ein Zimmer im Atlantic Hotel bezogen.

GUTER GOTT Da ist noch eine Kleinigkeit, die ich nicht

gern unter den Tisch fallen sehen möchte. Die Sache mit dem Stockwerk. Falls Ihnen wirklich an einer Klärung liegt.

RICHTER Die Sache mit dem Stockwerk?

Halle des Atlantic Hotels

PORTIER Im 7. Stock habe ich noch 307 frei, mein Herr. Nach dem Hof. Daher sehr ruhig.

JENNIFER *leise zu Jan* Kein Blick auf die Straße? Nicht höher oben?

JAN *zum Portier* Nichts zu machen? Wirklich nichts?

PORTIER Tut mir leid. Wenn Sie länger bleiben, kann ich Sie vormerken für die Straßenseite, weiter oben. Man kann allerdings nie wissen.

JAN Wir wissen auch nicht – ob wir dann noch da sind. Aber denken Sie an uns. *Im Gehen zu Jennifer.* Bist du traurig?

JENNIFER Nein, denn es ist so schon besser, und es wird uns nichts kümmern.

LIFTBOY Zur Auffahrt hierher, bitte.

Der Lift fährt ab.

JENNIFER *in das Fluggeräusch hinein, selig* Auffahrt! Was für eine Auffahrt! Meine Ohren spüren's. Und du wirst sehen, was es oben gibt: eine Luftmaschine mit kalter Luft, viel Wasser und Sauberkeit jede Stunde.

Der Lift hält. Sie gehen über den Korridor zum Zimmer.

JAN Ich werde neugierig auf dein nasses Haar und deinen nassen Mund, deine Wimpern voll Tropfen. Du wirst ganz hell und weiß und vernünftig sein, und wir werden einander nichts vorwerfen.

JENNIFER Wenn dein Schiff fährt, wird es fahren. Wenn ich winken muß, werde ich winken. Wenn ich dich zum letzten Mal küssen darf, werde ich es tun, rasch, auf die Wange. Sperr auf.

Im Zimmer des 7. Stockwerks

JAN Ja, gelehrige, eifrige Jennifer. Weil ich aber so mißtrauisch bin, wirst du noch genauer geprüft. Sag: wann ist morgen?

JENNIFER *genau* Frühestens morgen.

JAN Und heute?

JENNIFER Spätestens heute.

JAN Jetzt?

JENNIFER *langsam, ihn umarmend* Gleich jetzt.

Im Gerichtssaal

RICHTER Es kam also doch wieder zu Intimitäten.

GUTER GOTT Nein, nein! Davon kann nicht die Rede sein. Unterlassen Sie diese lächerlichen Ausdrücke. – Es war eine Vereinbarung auf Distanz.

RICHTER Kommen wir zur Sache!

GUTER GOTT Aber diese Distanz kann nicht ganz gewahrt werden. Sie bekommt Bruchstellen. Da war zum Beispiel dieses Lachen. Ja, es fing genau genommen damit an. *Finster.* Mit diesem unbeschreiblichen Lächeln. Ohne Grund, meint man, lachen die.

RICHTER Wer lacht?

GUTER GOTT Die, bei denen es anfängt.

RICHTER Irrsinn.

GUTER GOTT *heftig zustimmend* Irrsinn. Ja! Sie lachen in der Öffentlichkeit und doch unter deren Ausschluß. Oder lächeln Vorübergehende an, nur so, mit einer Andeutung, wie Verschwörer, die andere nicht wissen lassen wollen, daß die Spielregeln bald außer Kraft gesetzt werden. Dieses Lächeln steht da wie ein Fragezeichen, aber ein sehr rücksichtsloses.

RICHTER Und wenn schon. Damit wird nichts angerichtet.

GUTER GOTT Doch. Sie fangen an, wie ein glühendes Zigarettenende in einen Teppich, in die verkrustete Welt ein Loch zu brennen. Mit diesem unentwegten Lächeln.

RICHTER Zur Sache!

GUTER GOTT Gegen Mitternacht standen sie auf. Natürlich ist das eine Zeit, in der außer Bankräubern, Barmädchen und Nachtwächtern niemand aufsteht. Sie gingen zur Brooklyn-Brücke.

RICHTER Richtig. Zur Brücke. – Warum?

GUTER GOTT Kein Warum. Sie gingen hin und dort standen sie, an die Traversen gelehnt, um eine Weile zu schweigen, und dann redeten sie wieder.

Im Freien

JAN *spielend, heiter* Wenn du mitkommst bis in die Chinesenstadt, kaufe ich dir ein Drachenhemd.

JENNIFER So bin ich beschützt.

JAN Wenn du mitkommst bis ins Village, stehle ich für dich eine Feuerleiter, damit du dich retten kannst, wenn es brennt. Denn ich will dich noch lange lieben.

JENNIFER So bin ich gerettet.

JAN Wenn du mitgehst nach Harlem, kaufe ich dir eine dunkle Haut, damit dich keiner wiedererkennt. Denn ich allein will dich lieben und noch lange.

JENNIFER *aus der Rolle fallend* Wie lange?

JAN Spiel, Jennifer! Frag nicht: wie lange? Sondern sag: so bin ich geborgen.

JENNIFER *aufatmend* So bin ich geborgen.

JAN Und wenn du mich begleitest durch Bowery, schenke ich dir die langen Lebenslinien von Bettlerhänden, denn ich will dich noch alt und hinfällig lieben.

JENNIFER *ausbrechend* Ein Brief vom Eichhörnchen! Endlich wieder ein Brief vom Eichhörnchen!

JAN Was steht darin!?

JENNIFER »Sag es niemand. Heute nacht erwartet dich Jennifer auf dem Broadway unter dem Wasserfall aus Pepsi Cola neben dem großen Rauchring von Lucky Strike.«

JAN Ich sag es niemand.

JENNIFER Wirst du kommen?

JAN Komm! Denn ich komme ja schon.

Im Gerichtssaal

GUTER GOTT Jetzt waren sie beim Spielen. Spielten: Liebe. Sie spielten es überall, in den dunklen Straßenecken und den dämmrigen Bars am Broadway, unter den zukkenden Lichtkreiseln der 42. Straße vor den Kinopalästen, im Strahlenregen künstlicher Sonnen und Kometen. Aber es erging ihnen beim Spiel wie beim Lachen. Sie verstießen gegen jeden vernünftigen Brauch, den man davon machen kann.

RICHTER *pedantisch* Gegen fünf Uhr früh kamen sie zurück ins Hotel.

GUTER GOTT Müde und ausgewaschen von zuviel Trunkenheit und Weltvergessen. Sie gingen nebeneinander her und blickten vor sich hin, weiter entfernt voneinander als im Spiel, im Lachen, im Schlaf. Dann die stummen Umarmungen oben, stumme Pflichten, getan ohne Auflehnung, noch unter dem Gesetz. Aber nicht lange mehr. Nicht mehr lange.

RICHTER *unwillig* Diese Wühlarbeit ist ganz und gar sinnlos. Kein Motiv kommt zutage. Die Vorgänge beweisen mir gar nichts. Und ich will endlich Ihr Motiv kennenlernen. Entrüstung? Nein. Neid?

GUTER GOTT Geben Sie mir Zeit. Ich bin guten Willens.

RICHTER *kalt* Ein guter Gott spricht so.

GUTER GOTT Ich war lange guten Willens, auch damals noch. Sie werden mir nicht glauben, aber ich gab ihnen jede Chance.

Am dritten Tag hatte der Portier noch immer kein anderes Zimmer frei. Nachmittags fuhren sie im Zentralpark mit einer Pferdekutsche herum und gerieten in eine Parade. Die Tambourmajorinnen tänzelten davor her und schwangen ihre Beine hoch, unverwüstlich jung und straff, Balletteusen des Asphalts, die für die Kriegsopfer und die Kriegsgewinnler ihr Rad schlagen. Die Bänder kränzten die Baumwipfel, die Autodächer und Menschenköpfe; die Kinder jubelten, und die Eichhörnchen thronten auf den Resten des Rasens. Sie steckten ihr Reich ab mit weggeworfenen Nußschalen, und wo die Buden und Automaten zusammenrückten neben den Seerosen des Teichs, waren ein paar Bretter aufgestellt, ein Vorhang gezogen, und für fünf Cents konnte jeder einmal hineingehen und ein Theater erleben, das nicht seinesgleichen hat. Die Sprecher, die die Puppen an den Drähten zogen, waren Billy und Frankie, die beiden Eichhörnchen. Denn meine heiseren, blutrünstigen Hauptleute liebten in ihrer freien Zeit nichts so sehr, wie den Leuten grausige Spektakel in den schönen Worten, die unsere Dichter dafür gefunden haben, vorzuführen. Wenn ein Dutzend Zuschauer sich gefunden hatte, schloß man hinter ihnen den Vorhang. Zwei andere Eichhörnchen hängten ihre Krallen in den Stoff und griffen ins Holz. Lebendige Haken. Drinnen war es dunkel, nur der Boden der kleinen Bühne glänzte, von Phosphor bestrichen, für Leichen gerichtet, und das Programm mit Hinweisen wurde verkündet von den beiden Akteuren, deren Stimmen aus dem Hinterhalt kamen.

Im Theater

FRANKIE Für nur fünf Cents: fünf der schönsten Liebesgeschichten der Welt!

BILLY Orpheus und Eurydike.

FRANKIE Tristan und Isolde.

BILLY Romeo und Julia.

FRANKIE Abälard und Heloïse.

BILLY Francesca und Paolo.

FRANKIE Zur Hölle mit ihnen. Zur Hölle!

BILLY Bist du still! *Lauter.* Und nun Näheres zum ersten Stück. Die Versteinerung der geliebten Eurydike und ihr trauriges Ende im Totenreich. Orpheus, der Sänger, zerrissen von verrückten Weibern, und die Klage der schönen Natur am Ende.

FRANKIE Tot. Zerrissen. Zu Ende!

BILLY Tristan und Isolde – Stück von einer langhaarigen Königin und ihrem Helden, einem wirksamen Zaubertrank, einem schwarzen Segel im rechten Augenblick und einem langen schmerzhaften Sterben.

FRANKIE *außer sich* Zur Hölle mit ihnen!

BILLY Das kommt doch später, du Narr. Und gleich darauf das süße Sterben des schönen Romeo und seiner Julia im dunklen Verona. Mit Grüften, alten Mauern, einem Mond und viel Feindlichkeit als Versatzstücken.

FRANKIE Bravo. Die Dolche nicht zu vergessen!

BILLY Ein Abstecher ins frühe Frankreich. Abälard und Heloïse.

FRANKIE *fängt leise und schauerlich zu lachen an* Oh, Billy, ich kann nicht ernst bleiben bei den beiden. Was für eine tolle Liebe, und wie wird Heloïse schmachten! Oh, wie peinlich wird das sein. Es juckte mich schon immer so, wenn die stolze Titania den Esel umarmte. Aber das erst. Oh, das ist zum Sterben. Zur Hölle mit ihnen!

BILLY Die Hölle kommt erst am Ende!

FRANKIE Ich weiß: Paolo und Francesca. Aber es amüsiert mich so.

BILLY Meine Damen und Herren! Zwei Liebende, wieder im fernen Italien, ein Lesebuch und seine Verführung als Hintergrund und das Inferno als Ausblick.

FRANKIE Sagte ich nicht: Zur Hölle mit ihnen!?

BILLY Fürchten Sie sich nicht. Sie werden viel Blut sehen, riechen und schmecken. Schreie, Schwüre –

FRANKIE Und die Hölle!

BILLY Und Sie werden geradewegs in die Hölle blicken. Das ist unser bescheidenes Programm für heute. Die Vorschau auf morgen: das furchtbare Lieben und Sterben von einigen anderen Paaren, überliefert durch Chroniken, bekannte Schauerstücke und Zeitungen, aus aller Herren Länder wie den indianischen Totentälern, dem bestialischen Rheinland und dem stinkenden Venedig, die vorzügliche Kulissen abgaben für die Entwicklung schöner Gefühle.

FRANKIE Und jetzt alles herhören, alles hersehen!

Die Musik erklingt, als hätte sie ein Zeichen für den Anfang des Theaters zu sein.

Im Freien

JENNIFER Wieviel Mühe sie sich beim Spiel geben und wie spaßig sie sind. Hat es dir nicht gefallen?

JAN Doch. Aber hat uns kein Eichhörnchen einen Brief zugesteckt?

JENNIFER Ich habe nichts bemerkt. Sie tun es so heimlich. Laß mich in meine Handtasche sehen. *Sie öffnet sie.* Da ist ein Zettel und darauf steht:

JAN »Zur Hölle.«

JENNIFER *lachend* Aber nein! Darauf steht: *flüsternd* »Heimgehen, bitte.«

Im Gerichtssaal

GUTER GOTT Und immer wieder gingen sie zurück in dieses Zimmer. Daß sich vier Wände dazu hergeben mögen.

RICHTER Auch dazu werden Wände gebaut. Damit ein natürliches und gesundes Empfinden –

GUTER GOTT – etwa zu seinem Recht kommt? Aber es ist weder natürlich noch gesund. Sie umarmten einander und dachten schon an die nächste Umarmung. Sie gaben einem Verlangen, das von der Schöpfung nicht so gedacht sein kann, mit einer Laune nach, die ernsthafter war als jeder Ernst, und schwuren sich Gegenwart und sonst nichts, mit jedem Blick, jedem heftigen Atemzug und jedem Griff in das hinfälligste Material der Welt, dieses Fleisch, das vor Traurigkeit bitter schmeckte und in dem sie gefangen lagen, verurteilt zu lebenslänglich.

Im Zimmer des 7. Stockwerks

JAN Hörst du mir zu?

JENNIFER *müde* Ja.

JAN Ich weiß, es wird jetzt bald so weit sein, daß ich dir versprechen werde, nach meiner Rückkehr Briefe zu schreiben. Aber du darfst mir nicht trauen. Willst du den Text wissen?

JENNIFER Ja.

JAN »Mein Liebling, ich habe alles gründlich überdacht . . . du bist mir so wichtig geworden, teuer geworden . . . schreibe mir sofort, postlagernd am besten, denn, aber das erkläre ich dir später . . . und postwendend, ob auch für dich diese Tage . . . dadam . . . über jede Entfernung hinweg umarme ich dich, mein kleiner Liebling, dadamdadam . . . wir müssen uns wiedersehen, wir werden . . . einen Weg finden, wir werden, wir sollten, wir müßten, trotz jeder Entfernung. Schreibe mir!«

JENNIFER *sich aufraffend, unschuldig* Du wirst mir wirklich schreiben?

JAN Nein. Das war ein Scherz. Und ich fürchte, ich werde zu keinem Scherz mehr aufgelegt sein nach alledem.

JENNIFER Ich weiß nicht, ob ich dich verstehe.

JAN Du wirst bald verstehen. *Zitierend, spielerisch.* »Ich bin trunken von dir, mein Geist, und wahnsinnig vor Begierde nach dir. Du bist wie Wein in meinem Blut und nimmst Gestalt an aus Traum und Rausch, um mich zu verderben.«

JENNIFER Was ist das?

JAN Es sind Worte.

JENNIFER Für dein Gefühl?

JAN Meine Gefühle habe ich ausgezogen und zu den Kleidern gelegt.

JENNIFER Dein Innres sagt mir das?

JAN Mein Innres! Ich habe sehr eifrig gesucht und geforscht in vielen Jahren, aber ich habe in meinem Innern nie jemand getroffen.

Das Telefon läutet.

JENNIFER Das Telefon! Soll ich antworten?
JAN Bitte.
JENNIFER Hallo. Ja. Ich habe verstanden. – Danke. Es ist gut.

Pause.

JENNIFER Du hast einen Platz auf dem Schiff. Du kannst fahren.

STIMMEN
DENK DARAN SOLANGE ES ZEIT IST
GIB GOTT EINE CHANCE
UND VERSÜSS DIR DAS LEBEN
FANGT GRILLEN UND HÄRTET DEN STAHL
TUT GUTES UND TUT ES SCHNELL
DIANA ZWEIHUNDERTSTUNDENKILOMETER
IM KOMMEN WIE NIE ZUVOR
SACHSCHÄDEN MENSCHENLEBEN
KEHR EIN UND UM UND KOMM DRÜBER HINWEG
DU KANNST ES NICHT MIT DIR NEHMEN
GEHEN IMMER WEITER GEHEN
BEI GRÜNEM LICHT DENK DARAN!

Im Zimmer des 7. Stockwerks

JENNIFER Ich bin fertig. Mein Koffer ist gepackt. Er ist

so leicht. Federn könnten drin sein. Fluggepäck. Was muß ich dir jetzt sagen? Leb wohl?

JAN Sag nichts, Jennifer. Sag, wenn du kannst: es war leicht, es war schön. Es wird leicht sein.

JENNIFER *nachsprechend* Es war schön.

JAN Ich sage besser nichts.

JENNIFER Gehst du zuerst? Oder gehe ich? Du kannst nachsehen, ob kein Taschentuch von mir zurückgeblieben ist. Ich lasse immer eins liegen. Ein Tuch zum Winken, mit einem Tropfen Parfüm drin, keinen Tränen.

JAN Gehen wir miteinander!

JENNIFER Nein.

JAN Bis auf die Straße.

JENNIFER *gleichgültig* Wie du willst. Es kommt nicht mehr darauf an. Ist es nicht so?

JAN Ja, so ist es.

Sie öffnen die Tür, gehen über den Gang und zum Lift, fahren hinunter.

LIFTBOY Erdgeschoß?

JAN Erdgeschoß.

JENNIFER *vor sich hin* Es wird leicht sein, es wird leicht sein.

JAN Ich muß noch die Rechnung bezahlen.

JENNIFER Ich gehe voraus. – Ich gehe. *Und während sie zu laufen beginnt.* Ich gehe.

Straßengeräusche und darüber

STIMMEN

KEINE ANGST VOR MONTAGEN UND DIENSTAGEN
LETZTER TAG FÜR REIHER UND FLEDERMAUS
DU KANNST ES NICHT MIT DIR NEHMEN
HÄNDE WEG VON HERZEN UND SIEGELN

FÜHLT SELBER SEHT SELBER
HÖR ZU UND GEH MIT WEITERGEHEN
NÄHER ZU IHM NÄHER ZU NICHTS
DENK DARAN BAU AUF UNS SETZ AUF UNS
SOLANGE ES ZEIT IST DENK DARAN!

Auf der Straße

JAN *laut, dann lauter und zuletzt in Verzweiflung* Jennifer! – Jennifer! – Jennifer!

ZEITUNGSVERKÄUFER Treffen der Veteranen
Treffen der Hammel
Treffen der alten Trommler

JAN *sich an den Ausrufer wendend* Sie muß hier vorbeigekommen sein, mit einem Koffer. In Rosa und Weiß, mit Locken, die über die Ohren fallen. Und diesem Blick: wie gefällt Ihnen?

ZEITUNGSVERKÄUFER Gesehen. Nichts hat man gesehen. Rosa und Weiß? So sind sie alle, mir ist das auch einmal passiert. Die sehn Sie nicht wieder. Aber fragen Sie einmal den dort von der Polizei. Ja! Den mit dem Helm auf dem Kopf und dem Knüppel in der Hand.

JAN *auf den Polizisten zutretend* Weit kann sie nicht sein. Sieht aus wie alle und ist es doch.

POLIZIST Sind Sie ein Angehöriger?

JAN Ich habe gleich angefangen zu laufen, als ich merkte, daß es anders kam. Hundert Meter Vorsprung hatte sie.

POLIZIST Ach was, Vorsprung. Sie sind ein sehr netter Mensch, aber ich muß zuerst die Kinder da über die Straße führen. Dann reden wir weiter. Nicht wahr, Kinder?

KINDER Bring uns! Trag uns! Komm, Hampelmann! Komm, feiner, alter Polizeionkel.

JAN *weitergehend, laut und weithin* Jennifer! Jennifer!

Wenn sein Ruf vergeht, wird es plötzlich still, dann

JENNIFER *ohne Erstaunen* Du?
JAN *außer Atem* Gib mir deinen Koffer.
JENNIFER Jan!
JAN Bist du wahnsinnig? – Du stehst hier und bläst deine Handballen und streichst dir auch noch das Haar aus der Stirn. Wir gehn zurück.
JENNIFER Ja?
JAN Wie hast du nur gehen können. Ich werde es dir nie verzeihen.
JENNIFER Jan.
JAN Ich sollte dich schlagen vor allen Leuten, schlagen werde ich dich . . .
JENNIFER Ja, ja.
JAN Wirst du noch einmal fortgehen, wenn ich dich fortschicke!?
JENNIFER Nein.
JAN Weißt du wieder, wo du hingehörst, obwohl du den Verstand verloren hast?
JENNIFER Ich weiß nur keinen Platz mehr für uns. Aber wenn du ihn wüßtest, wüßte ich ihn auch.
JAN Ich weiß ihn. Sag, ob es nicht ein Wink war.
JENNIFER Ja. Ja.
JAN Als ich die Rechnung verlangte, hörte ich, daß ein Zimmer oben frei geworden ist, auf der Straßenseite, im dreißigsten Stock. Da mußte ich doch innehalten. Und ich meinte, dir nachgehen und es dir sagen zu müssen. Sag!
JENNIFER Oh ja. Ja.
JAN Weil du es dir doch gewünscht hast und weil ich dir noch keinen Wunsch erfüllt habe und nichts geschenkt.
JENNIFER *langsam* Küß mich. Auch auf der Straße.

Auch vor dem Fenster mit den Orangen und brauner Ananas. Auch vor dem Kreuz des Rettungswagens und dem Dromedar, das der Zirkusmann hier vorüberführt. Auch vor den Kernen, die geflogen kommen von Pfirsich und grüner Dattel, und die die Mulatten wegwerfen.

JAN Und du fürchtest nicht, dein Gesicht zu verlieren auf der Straße?

JENNIFER Nein. Und ich weiß schon, warum.

JAN Sag!

JENNIFER Weil jeder sehen kann, daß ich bald ganz verloren sein werde, und fühlen kann, daß ich ohne Stolz bin und vergehe nach Erniedrigung; daß ich mich jetzt hinrichten ließe von dir oder wegwerfen wie ein Zeug nach jedem Spiel, das du ersinnst.

JAN Du mußt einmal sehr stolz gewesen sein, und ich bin jetzt sehr stolz auf dich. *Plötzlich, besorgt.* Jennifer!

JENNIFER Es ist nichts. Mir ist schwindlig. Weil du mich geliebt hast oder weil du mich wieder lieben wirst. Halt mich fest.

JAN Sprich nicht mehr! Gleich sind wir da. Du wirst zwischen frische Tücher gelegt, bekommst zu trinken, Eis auf die Stirn und eine Zigarette. Kein Wort mehr!

JENNIFER Ich glaube beinahe, ich war ohnmächtig. Verzeih mir. Ich wußte nicht, daß man so ohnmächtig werden kann.

Im Gerichtssaal

RICHTER Auch eine Erfrischung? Auch eine Zigarette?

GUTER GOTT Nur einen Schluck Wasser.

RICHTER Dreißigstes Stockwerk ist natürlich besser als siebentes, und beides ist sehr viel besser als zu ebener Erde zu wohnen. Besonders hier.

GUTER GOTT Überall. Oben ist die Luft dünner. Die Geräuschwellen gleiten ab an den Mauern. Alles sinkt so sichtbar zurück in ein Flußbett, auf dem Treibholz schwimmt: ehemalige Gefährten, alte Lasten, hilflose Flößer mit kurzgesteckten Zielen. Eine Miniaturausgabe des Alltags ist belustigend. Aus einiger Entfernung betrachtet, schrumpft der gesunde Menschenverstand ein und sieht einem Gran Stumpfsinn zum Verzweifeln ähnlich.

RICHTER *unvorsichtig* Die beiden hatten ihn wohl schon nicht mehr, den gesunden Menschenverstand.

GUTER GOTT *schwerfällig* So reden Sie?

RICHTER Einfühlung.

GUTER GOTT Ja? Es gibt nämlich einiges in den Höhen, wo die Adler nicht wohnen. Freiheit. Ein Unwesen, das die Phalanx der Liebenden in Besitz nimmt und verteidigt voller Verblendung.

Darum bin ich dieser Zigeunerin auf den Fersen, solange ich denken kann, die von nirgends herkommt und nirgends zuhause ist und diese Horste begünstigt – Die so geduckt unten geht und plötzlich über den Asphalt und auf fliegt, damit ihre Füße keine Spur lassen –

Der Liebe, könnte ich sagen –

Ihr, die wir nicht fassen und hierherbringen können und die nie aussagen wird.

Nirgends zu finden. Schon nicht mehr zu finden, wo sie eben noch war.

Und ich könnte schwören, daß sie, die gestern noch jene beiden liebte, den Kakteenpurpur aufgehn und die Pappel ins Dunkel ragen ließ, heute schon zwei andere liebt und die Mimosen erzittern läßt –

Daß sie sich kein Gewissen macht, sondern ihr schwarzes Mieder fest schnürt, ihren roten Rock wirbeln läßt und wieder jemand die Welt verdunkelt mit ihren vor Trauer unsterblichen Augen!

Richter Nicht zu fassen. Freilich nicht hierherzubringen. Aber was sich fassen läßt, die Tatsachen ... *Blätternd.* Wie sieht es im dreißigsten Stockwerk aus?

Guter Gott Das Zimmer ist lichter als der Tag. Wenn man von Einkäufen zurückkommt, brät man Fische mit faden Glotzaugen in der Kochnische und wäscht ein Paar Strümpfe und ein Paar Socken im Bad, hängt sie über den stählernen Arm, an dem man auch Gymnastikübungen machen könnte, wenn man nicht Besseres zu tun hätte. Man nennt das schon »zuhause«, beugt sich manchmal aus dem Fenster, rauft Stroh und Binsen aus einer Besenreklame und klebt sie an die Wand, damit das Zimmer einem Nest ähnlicher wird. Man sperrt zweimal die Tür ab und steht ein drittes Mal auf, um nachzusehen, ob sie verschlossen ist. Immer seltener geht man aus. Man hat keine Zigaretten, und einer von beiden will sie kaufen gehen, aber man geht dann zu zweit.

Richter Briefe vom Eichhörnchen?

Guter Gott Massenweise. Die Post häuft sich. Und Billy und Frankie tanzten auf dem Korridor auf und ab und sahen durchs Schlüsselloch.

Auf dem Hotelkorridor

Billy Ach wie gut, daß niemand weiß!

Frankie Was ich nicht weiß, macht mich nicht heiß.

Billy Poet, schwachsinniger. Was denkst du dir aus für das Mädchen?

Frankie Zum Teufel mit ihr!

Billy Und für ihn?

Frankie Er ist schlau, aber es hat ihn erwischt. Schlaukopf, Lästermaul, die Welt ist faul!

Billy Sag schon.
Frankie Spanische Folter.
Billy Spanische?
Frankie Du wirst dich zu Tod lachen. Daumenschrauben sind nichts dagegen. Brennende Hölzer unter den Nägeln, ein Kolonialbeamtenspiel. Auspeitschen eine Wonne dagegen. Ich sag's dir ins Ohr.

Er flüstert unverständlich.

Billy Hoho?!
Frankie Oho!
Billy Einverstanden?
Frankie Einverstanden. Wenn unser strenger Meister es zugibt.

Im Gerichtssaal

Richter Wir sind nicht mehr im Mittelalter.
Guter Gott Nein. Im Anfang der Neuzeit. Oder Endzeit. Wie es beliebt.
Richter Das ist unerträglich. Die Hitze. Und es dämmert schon.
Guter Gott Ich nehme an, Sie sind, wie die meisten heutzutage, für Massenvernichtung und nicht für Einzelvernichtung. Aber ich habe, der einzelnen wegen, die sich absentierten, ein altmodisches Verfahren entwickeln müssen und werde daher wenig Gnade vor ihren Augen finden.
Richter Von wem Gnade. Und wozu?
Guter Gott Eins muß ich richtigstellen. Die ausschweifende Phantasie meiner Handlanger habe ich nur gelenkt und benutzt; meiner Nüchternheit war sie zuwi-

der. Mit solchen Auswüchsen hat man es nur bei niedrigen Naturen zu tun. Mordlust ist mir fremd.

RICHTER Sie bestreiten?

GUTER GOTT Es geschah nur Recht.

RICHTER Sie bestreiten? Wozu dann Gnade?!

GUTER GOTT Dann: Keine Gnade.

STIMMEN

GUTER RAT NICHT MEHR TEUER
SPOTT BILLIGER TU'S ODER STIRB!
KEINE GNADE FÜR NACHTIGALLEN
DENK DARAN WAS IMMER GESCHIEHT
WEITERGEHEN FREIWILLIGE VOR
SCHAKALE UND WÖLFE NACH
EIN FRIEDE KOMMT SELTEN ALLEIN
KEINE GNADE SOLANGE ES ZEIT IST
SCHARFE MASSNAHMEN SCHÄRFER
NIEDER MIT ALLEN SCHRANKEN
DU KANNST ES NICHT MIT DIR NEHMEN
HALT! BEI LICHT BEI LICHT BESEHN: HALT!

Im Zimmer des 30. Stockwerks

JENNIFER Errette mich!

JAN Ist das aus dir geworden!? Bist du's geworden? Aus einem rosaroten Mädchen mit Tagebüchern, Gutenachtküssen und Autoküssen, mit Truman und vollgekritzelten Heften unter dem Arm, sehr nett und wie gefällt Ihnen? – Wozu sind die Feuerleitern da an allen Häusern: damit man sich retten kann, wenn es brennt; und wozu sind die Feuerlöscher in allen Zimmern: damit man löschen und sich retten kann.

JENNIFER Errette mich! Von dir und von mir. Mach, daß

wir uns nicht mehr bekämpfen und daß ich stiller werde zu dir.

JAN Weinst du? Wein doch!

JENNIFER Glaubst du, daß wir wahnsinnig sind?

JAN Vielleicht.

JENNIFER Verachtest du mich?

JAN Nur ein wenig. Nur so viel, daß mein Staunen nicht endet über dich. Aber ich bin auch erstaunt über mich.

JENNIFER Wirst du heute fahren?

JAN Nein.

JENNIFER Aber ich weiß doch, daß es nur ein Aufschub ist, immer wieder ein Aufschub. Wozu?

JAN Frag nicht! Weil vielleicht noch etwas aussteht. – Aber wo ist deine Neugier hin? Du wolltest mir ganz andere Fragen stellen und Antworten auf Fragen geben, die du in mir vermutest.

JENNIFER Ja, ja. Laß uns endlich sprechen und ruhig daliegen. Erzähl!

JAN Etwas aus der Kindheit? Geschichten vom Lande und aus der Stadt, Eltern, Tanten, Onkeln? Aus der Schulzeit? Von vergrämten Lehrern, Kreideschlachten und bestandenen Prüfungen? – Ich bin geboren worden, und dann war es bald zu spät.

JENNIFER Ja. Es ist vielleicht töricht . . . obwohl ich meine, wissen zu müssen, wie alles war.

JAN Dann könnte ich dir noch sagen, in welchen Ideen und welchen Gesinnungen ich mich versucht habe, wieviel Geld ich jetzt für Ideenlosigkeit verdiene und wie die Aussichten sind. Oder das Land beschreiben, seine Berge, Apfelbäume und neueste Grenzverhältnisse. Aber ihr sagt hier nur: Europa. Europäer. Wie könnte ich da kleinlich sein, von unseren Apfelbäumen reden und die Pinien und Strände außer achtlassen, die es auch geben mag. Überdies ist alles sehr weit weg und trägt keine Aufschriften mehr für mich.

JENNIFER Und . . . aber . . .

JAN Noch etwas?

JENNIFER *leise* Die anderen, die es gegeben hat. Und was bedeute jetzt ich?

JAN *nach kurzem Überlegen* Habe ich dich so sehr eingeschüchtert, daß du erst jetzt danach fragst? Die unausbleibliche, beliebte Frage. Ich bin ja vorbereitet. Aber was willst du damit? Wenn ich dir nun etwas erzählte, von wenig Frauen oder sehr vielen, von Enttäuschungen – so nennt man das doch? – oder unvergeßlichen Erlebnissen. Das Vokabular ist mir durchaus geläufig, und ich habe mir für die Vergangenheit einige Fassungen zurechtgelegt. Wie es mir grade einfiel. Es gibt eine tragische Fassung und eine leichtsinnige, eine mit einem roten Faden und eine, die bloß als Statistik gelten kann. Aber wär's nicht zu wünschen, daß du mir alle erließest?

JENNIFER Ja. Nur als du von dem Brief sprachst, den du mir nicht schreiben wirst, sagtest du: »schreib mir am besten postlagernd, denn, aber das erkläre ich dir später . . .«

JAN Ich wollte mich wohl verraten. Denn es gibt jetzt wirklich jemand drüben, der auf mich wartet. Immer wartet jemand. Oder es hätte nie anfangen dürfen. Man wird ja weitergereicht, eine Beziehung löst die andere ab, man siedelt von einem Bett ins andere.

JENNIFER Was wirst du sagen, wenn du zurückkommst?

JAN Nichts.

JENNIFER *gequält* Als wäre nichts geschehen?

JAN Das habe ich nicht gesagt. Ich will damit nicht einmal sagen, daß ich dorthin zurückgehen werde. Aber so oder so gilt, daß nichts zu sagen ist.

JENNIFER Weil es einfacher ist. Oh, alles ist so einfach, einfach!

JAN Wein doch! Aber vergiß nicht, daß auch du gesagt hast: sag es niemand.

JENNIFER Ja. Weil es in den Briefen steht, die von den Eichhörnchen kommen.

JAN Sie werden wissen, was sie schreiben.

JENNIFER Und wenn sie es nicht wissen! – So werd ich dich also nie kennenlernen.

JAN Was hättest du davon, wenn du von meinen Schwächen wüßtest und von ein paar guten Taten, die mir nebenbei unterliefen. Ich will nichts von dir wissen, dich ausklammern aus deinen Geschichten. Wenn du gehst, dich bewegst, blickst, wenn du mir folgst, nachgibst und kein Wort mehr findest, dann weist du dich aus, wie dich kein Papier, kein Zeugnis je ausweisen könnten. Ich zittre nicht um deine Identität. *Verändert, beleidigend.* Aber wir könnten versuchen, eine gemeinsame Basis zu finden, wenn du Wert darauf legst.

JENNIFER Nicht so! Nicht so!

JAN Was weißt du von Interferenzen und von Automation, von Quantenlaunen und intersubjektiver Verifikation?

JENNIFER Nicht so!

JAN Von nuklearen Veränderungen, Psychopathologie und vom Paläolithikum?

JENNIFER *ängstlich* Bitte nicht!

JAN Darüber wird man also nicht reden können.

JENNIFER Nein . . .

JAN Über anderes vielleicht?

JENNIFER Worüber du willst. Ich werde mir Mühe geben.

JAN Warum Mühe?

JENNIFER Um dir näherzukommen.

JAN Würdest du eine Meinung äußern?

JENNIFER Welche?

JAN Das frage ich dich.

JENNIFER Ist dir das so wichtig?

JAN Nein. Ich möchte nur feststellen, weil wir schon dabei sind, was bleibt, wenn du keine Meinung hast, dir aber Mühe geben willst und so weiter.

JENNIFER Stoß mich nicht zurück.

JAN *immer wacher, ironischer* Es gibt noch andre Möglichkeiten zu kommunizieren. Wir könnten die Theater besuchen und in der Pause Gedanken austauschen über den gut fabrizierten Feuerzauber.

JENNIFER Von welchem Theaterstück sprichst du?

JAN Von einem, das ich mit dir nie sehen werde. – Und was ist's mit der Musik? Wenn wir Muße haben, hören wir uns ein bedeutendes Klavierkonzert an, dessen Ecksätzen man Brillanz nachrühmen könnte und dessen geistvolle Organik besticht.

JENNIFER Du meinst eine ernste Musik?

JAN Und wenn es so nicht geht, werden wir Galerien besuchen und mit angestrengten Augen einen Farbwert erfassen. Und wenn es auch so nicht geht, wirst du kochen lernen und mich mit Frittaten, Saucen und Desserts unterhalten. Abends bleibt der Ausweg ins Kino. Man starrt miteinander auf die Leinwand und entspannt sich. Irgend etwas, verlaß dich drauf, wird sich schon finden, das uns zusammenhält. Kinder zum Beispiel, Sorgen und schlechtes Wetter. Verlaß dich drauf!

JENNIFER Mir soll alles recht sein.

JAN *böse* Mir auch.

JENNIFER Du bist schön, wenn du zornig wirst.

JAN Ich bin jetzt nicht zornig. Ich möchte nur ausbrechen aus allen Jahren und allen Gedanken aus allen Jahren, und ich möchte in mir den Bau niederreißen, der Ich bin, und der andere sein, der ich nie war.

JENNIFER Du bist schön, und du bist ja schon, wie du nie warst.

JAN Ich werde dir noch etwas sagen: es ist unmöglich, daß das mit uns geschehen soll.

Du mein, ich dein.
Vertrauen gegen Vertrauen.
Laß uns an die Zukunft denken.
Gute Kameraden sein. Freundschaft halten.
Schützen einander, zusammenstehn.
Ein Trost sein. Ein Trost sein.
Du bist der erste Mensch, der kein Trost für mich ist. Meine Freunde und meine Feinde waren zu ertragen, auch wenn sie mich lähmten und meine Langmut verbrauchten. Alles war zu ertragen. Du bist es nicht.

JENNIFER Du bist schön, und ich bete dich an. Ich gebe dir Küsse auf die Schulter und denke nichts dabei. Heißt das trostlos sein?

JAN Ja. Aber es ist nur der erste Angriff, der erste Schlag auf eine Kette, die nicht zerbrechen will. Aber horch. Schon klingt sie, und am Ende, wenn sie ohne Laut zerspringen sollte, wirst du wieder nichts dabei denken. Aber es kann auch das Gesetz der Welt dann nicht mehr auf uns liegen.

Im Büro des guten Gottes

BILLY Die beiden machen es nicht mehr lang. Verdrehen schon die Augen. Starren ins Ungefähre. Lästern.

FRANKIE Karten auf den Tisch. Was sagt der letzte Wisch? Was sagt unser Meister?

BILLY Warten. Abwarten.

Ein Kratzgeräusch.

BILLY Kratz nicht auf dem Munitionsschrank herum. Er wird dir eins auf die Pfoten geben.

FRANKIE Es juckt mich schon so.

BILLY Sollen wir ihnen noch einen Brief schicken?

FRANKIE Aber einen, der den Puls beschleunigt, den Druck hinaufsetzt. Zum Teufel mit ihnen.

BILLY Was schreiben wir?

FRANKIE »Sag es niemand.«

BILLY Versteht sich.

FRANKIE Ich könnt mich ins Fell beißen. Mir fällt nichts ein.

BILLY Beiß dich!

FRANKIE Au! Au! Au!

BILLY Noch immer nichts?

FRANKIE Ich hab's!

BILLY Wird was Rechtes sein.

FRANKIE Höher hinauf müssen sie.

BILLY Eine Nuß gefällig? Kopfnuß vielleicht?

FRANKIE Behalt deine Nüsse! Im letzten Stock muß ein Zimmer frei werden. Gib die Kartei her! Wer schmort jetzt oben?

BILLY Wie hoch? Im 57. Stock? Das wäre der letzte.

FRANKIE Gib her! Herr Missismister. Wir probieren es.

BILLY Wie?

FRANKIE Er muß heraus. Wir kommen angehüpft. Mit einem Sprung flieg ich ihm auf die Brust. Und er packt seine Koffer, vor Schreck.

BILLY Zieht aus, und sie ziehen ein. Dann?

FRANKIE Dann schweben sie und müssen haushalten mit der Stickluft. Verlieren den Boden unter den Füßen. Fühlen Schwindel. Und pfeifen – *er pfeift* – pfeifen auf die himmlische Erde. *Er pfeift wieder.*

BILLY Himmlisch. So geht's schneller.

FRANKIE Ach, wie gut!

BILLY Ach wie gut, daß niemand weiß, daß ich Billy –

FRANKIE Daß ich Frankie –

BILLY Das zahme, das scheue –
FRANKIE Das flinke Eichhorn heiß.

Im Gerichtssaal

RICHTER Tatsächlich zog ein Mann im letzten Stock aus diesen oder anderen Gründen aus.

GUTER GOTT Der Portier erinnerte sich an ein Trinkgeld, das er von den beiden bekommen hatte, und quartierte sie um. Von dem Zimmer oben gab es eine seltsame Aussicht. Eine im Flug verlassene Welt lag unten. In einem Aug konnte man schon den Mond und im anderen noch die Sonne haben. Das Meer wölbte sich sichtbar in der Ferne und zog Schiffe und Rauch hinunter an andere Erdteile.

RICHTER Was für ein Manöver, dieser Umzug! Dachten Sie, oben unbemerkter handeln zu können?

GUTER GOTT Nein, nur rascher. Ich trieb nur die Dinge voran, die nicht mehr aufzuhalten waren. Dann war mir auch leid, daß sie nahezu kein Geld mehr hatten. Ich wollte ihnen ablenkende Sorgen ersparen. Sie wissen, wie teuer die Zimmer oben sind.

RICHTER *wegwerfend* Auch noch Mitleid. Ja, ich weiß. *Blätternd.* Ist es richtig, daß wir zur letzten Nacht kommen?

GUTER GOTT Zu einer, die auftrat vor dem letzten Tag wie die allerletzte. Mit einer unbändigen Temperatur. Fieberheiß. Der Ventilator war ohnmächtig.

RICHTER Heute wie damals.

GUTER GOTT Das Eis schmolz im Glas, eh man es an die Lippen hob.

RICHTER Und den beiden kamen keine Bedenken?

GUTER GOTT Sie hatten den Brief und glaubten aufs Wort.

JENNIFER Bedenk es. Wieder ein Wink. Wieder ein Zeichen. *Zärtlich.* Gute, liebe Eichhörnchen.

JAN Umzug am Abend. Einzug in die Nacht selbst.

JENNIFER Ich werde meine Haarbürste neben deine legen. Deine Bücher aufstellen. Deine Jacke aufhängen neben meinen Röcken. Ich möchte jetzt alles so hinlegen und stellen, als blieb es für immer. Welch ein Augenblick! Und ich will mir einprägen für immer: die stille Nacht und die feuchte Glut, die glänzende Insel, über der wir sind, und das Licht, das wir hier abbrennen werden, um ihr noch Glanz hinzuzufügen, zu niemandes Ehren.

JAN Komm! Laß aus der Hand fallen, was du hältst. Laß alles fallen für immer. Ich fühle, daß ich nie besser wissen werde, auf welchem Längen- und Breitengrad ich mich befinde, und nie besser, worauf alles gegründet ist als in diesem beliebigsten Zimmer. Genau hier ist es zu spüren, wo es wenig Erde gibt. Hier ist Raum. Und du beherbergst mich, den Fremden.

JENNIFER Weil er von weither kommt und weit fort muß, schlage ich ihm das Bett auf und stelle den Wasserkrug neben ihn.

JAN Aber er tappt noch in manchem Dunkel und findet sich nicht zurecht. Er erzeugt noch Befremden, weil sein Akzent hart ist, und er vermag noch kein Vertrauen einzuflößen. Ich möchte jetzt eine Karte haben, die mich dir erklärt: alle meine Wüsten, sandfarben darauf, und weiß die Tundren, und eine noch unbetretene Zone. Aber auch eine neue grüne Zeichnung ist da, die besagt, daß der Kältesee in meinem Herzen zum Abfließen kommt.

JENNIFER Endlich. Endlich.

JAN Und ich möchte ein Buch haben, aus dem ich erfah-

re, was in dir vorkommt, Klima, Vegetation und Fauna, die Erreger deiner Krankheiten und ihre stummen verbissenen Gegner in deinem Blut, und die Lebewesen, die allerkleinsten, die ich mir herüberhole mit meinen Küssen. Ich möchte einmal sehen, was jetzt ist, abends, wenn dein Körper illuminiert ist und warm und aufgeregt ein Fest begehen möchte. Und ich sehe schon: durchsichtige Früchte und Edelsteine, Kornelian und Rubin, leuchtende Minerale. In eine Feerie verwandelt, die Blutbahnen. Sehen. Schauen.
Alle Schichten bloßgelegt. Die Decken feinen Fleisches, weiße seidige Häute, die deine Gelenke umhüllen, die entspannten Muskeln, schön polierte Knochen und den Lack auf den bloßen Hüftkugeln. Das rauchige Licht in deiner Brust und den kühnen Schwung dieser Rippen. Alles sehen, alles schauen.

JENNIFER Könnt ich mehr tun, mich aufreißen für dich und in deinen Besitz übergehen, mit jeder Faser und wie es sein soll: mit Haut und mit Haar.

JAN Und hören. Das Ohr an dich legen, weil es nie still ist in dir und eine auf- und absinkende Windwoge in deiner Lunge gibt, das Geräusch von einem Kolben, der niederfällt in deiner Herzkammer, einen ängstlichen Laut, wenn du schluckst, und Geisterknacken in deinen Gliedern.

JENNIFER Horch mich aus. Denn ich kann keine Geheimnisse vor dir haben.

JAN Aber werde ich hinter alle kommen? – Oh, es wird mich Eifersucht heimsuchen und nicht freigeben, eh ich die okkulten Farben innen kenne und die geheimen Gänge durch Zellkammern, das ausgeschüttete Salz im Geweb, Larven und Lampione darin, Mosaikböden mit den Darstellungen versunkener Mythen. Schwammwerk und Mark. Die ganze verschwenderische Anlage, die du bist, und die ohne Ruhm vergehen soll.

JENNIFER Vergeh ich schon? Und vergeh ich nicht wegen dir?

JAN Dann ist wenig Zeit auf der Welt. Denn wenn alles entdeckt und verformelt ist, wird die Lasur deiner geschmeidigen Augen und die blonde Haarsteppe auf deiner Haut von mir noch nicht begriffen sein. Wenn alles gewußt, geschaffen und wieder zerstört sein wird, werde ich noch verführt werden im Labyrinth deiner Blicke. Und es wird mich das Schluchzen, das deinen Atemweg heraufkommt, bestürzen wie nichts sonst.

JENNIFER So wenig Zeit. Viel zu wenig Zeit.

JAN Und darum will ich dein Skelett noch als Skelett umarmen und diese Kette um dein Gebein klirren hören am Nimmermehrtag. Und dein verwestes Herz und die Handvoll Staub, die du später sein wirst, in meinen zerfallenen Mund nehmen und ersticken daran. Und das Nichts, das du sein wirst, durchwalten mit meiner Nichtigkeit. Bei dir sein möchte ich bis ans Ende aller Tage und auf den Grund dieses Abgrundes kommen, in den ich stürze mit dir. Ich möchte ein Ende mit dir, ein Ende. Und eine Revolte gegen das Ende der Liebe in jedem Augenblick und bis zum Ende.

JENNIFER Mein Ende. Sag es zu Ende.

JAN Es ist da eine Niedertracht von Anfang an, und keine Blasphemie wird ihr Ausmaß erreichen. Was müssen wir uns vorhalten lassen mit Liebe, dieser Flammenschrift, und auslöschen sehen, wenn wir nähergekommen sind? Wer hat geschrien, daß Gott tot ist? Oder gestürzt in die Donnerhallen! Oder daß es ihn nicht gibt. Ist da nicht zu wenig verklagt in der wenigen Zeit? Reißen wir unsere Herzen aus für ein Nichts und um mit dieser jämmerlichen Klage die Leere zu füllen, und stirbst du dafür! Oh nein. Lieb mich, damit ich nicht schlafen und aufhören muß, dich zu lieben. Lieb mich, damit ein Einsehen ist. Denn warum sollte ich dich nicht

festhalten, dich foltern und in dir verzweifeln können an allem? Warum soll ich mir noch vorhalten lassen, wie lang und wie oft ich dich zu halten habe, obwohl ich es immer will und dich für immer will!
Ich will dich jetzt nicht verlassen, betrügen in Traumwelten und mich betrügen lassen in Schlafwelten. Ich will, was noch niemals war: kein Ende. Und zurückbleiben wird ein Bett, an dessen einem Ende die Eisberge sich stoßen und an dessen unterem Rand jemand Feuer legt. Und zu beiden Seiten: nicht Engel, aber Dolden aus Tropen, Papageienhohn und dürre Geflechte aus Hungerland. Schlaf nicht ein, ich bitte dich.

JENNIFER Ich werde nicht mehr schlafen. Dich nicht mehr lassen.

JAN So komm. Ich bin mit dir und gegen alles. Die Gegenzeit beginnt.

Im Gerichtssaal

RICHTER Wovon ist die Rede?

GUTER GOTT Von einem anderen Zustand. Von einem Grenzübertritt. Von etwas, das Sie und ich nicht erwogen haben.

RICHTER *zurückhaltend* Wir haben hier schon mit allen möglichen Fällen zu tun gehabt.

GUTER GOTT Sie haben nur mit mir zu tun. Damit aber nichts.

RICHTER Anmaßungen. – Wollen Sie auch behaupten, daß die Geschichte von Ellen Hay und diesem Bamfield und all den anderen, die Sie –

GUTER GOTT Die ich? Ich?

RICHTER Die getötet wurden, ähnlich verlief?

GUTER GOTT Das kann ich nicht behaupten. Jede Geschichte fand in einer anderen Sprache statt. Bis in die Wortlosigkeit verlief jede anders. Auch die Zeit war eine andere, in die jede getaucht war. Aber wer sich nicht damit beschäftigt hat, mag wohl Ähnlichkeit drin sehen. So wie es eine Ähnlichkeit zwischen Zweibeinern gibt. Aber alle hatten die Neigung, die natürlichen Klammern zu lösen, um dann keinen Halt mehr in der Welt zu finden. Sagt man nicht, es seien nicht immer die Mörder, sondern manchmal die Ermordeten schuldig?

RICHTER Versuchen Sie nicht, die Dinge auf den Kopf zu stellen! Und die Worte zu verdrehen.

GUTER GOTT Ich versuche nichts dergleichen. Ich möchte Sie nur davon unterrichten, daß die beiden an nichts mehr glaubten und ich in gutem Glauben handelte.

RICHTER Sie!

GUTER GOTT Wollen Sie mein Glaubensbekenntnis? – Ich glaube an eine Ordnung für alle und für alle Tage, in der gelebt wird jeden Tag.
Ich glaube an eine große Konvention und an ihre große Macht, in der alle Gefühle und Gedanken Platz haben, und ich glaube an den Tod ihrer Widersacher. Ich glaube, daß die Liebe auf der Nachtseite der Welt ist, verderblicher als jedes Verbrechen, als alle Ketzereien. Ich glaube, daß, wo sie aufkommt, ein Wirbel entsteht wie vor dem ersten Schöpfungstag. Ich glaube, daß die Liebe unschuldig ist und zum Untergang führt; daß es nur weitergeht mit Schuld und mit dem Kommen vor alle Instanzen.
Ich glaube, daß die Liebenden gerechterweise in die Luft fliegen und immer geflogen sind. Da mögen sie vielleicht unter die Sternbilder versetzt worden sein. Haben Sie nicht gesagt: er hat sie nicht begraben –? Haben Sie es nicht gesagt?

RICHTER Ja.

GUTER GOTT Und ich wiederhole es nur. Nicht begraben. Verstehen Sie. Versetzt. Unter Bilder.

RICHTER *gewöhnlich* Sie sind ein krankhafter Phantast. Jeder Mensch könnte Ihnen aus eigener Erfahrung eine Reihe von glücklichen Paaren nennen. Die Jugendfreundin, die später an einen Arzt geriet. Die Nachbarn auf dem Land, die schon fünf Kinder haben. Die zwei Studenten, die einen Ernst fürs Leben und füreinander verraten.

GUTER GOTT Ich gestehe Ihnen unzählige zu. Aber wer wird sich mit Menschen beschäftigen, die nach einem anfänglichen Seitensprung in die Freiheit ohnehin Instinkt bewiesen haben. Die das bißchen anfängliche Glut zähmten, in die Hand nahmen und ein Heilmittelunternehmen gegen die Einsamkeit draus machten, eine Kameradschaft und wirtschaftliche Interessengemeinschaft. Ein annehmbarer Status innerhalb der Gesellschaft ist geschaffen. Alles im Gleichgewicht und in der Ordnung.

RICHTER Etwas anderes ist nicht möglich und gibt es nicht.

GUTER GOTT Weil ich es ausgerottet und kaltgemacht habe. Ich habe es getan, damit es Ruhe und Sicherheit gibt, auch damit Sie hier ruhig sitzen und sich die Fingerspitzen betrachten können und der Gang aller Dinge der bleibt, den wir bevorzugen.

RICHTER Es gibt nicht zwei Richter – wie es nicht zwei Ordnungen gibt.

GUTER GOTT Dann müßten Sie mit mir im Bund sein, und ich weiß es nur noch nicht. Dann war es vielleicht nicht beabsichtigt, mich außer Gefecht zu setzen, sondern etwas zur Sprache zu bringen, worüber besser nicht geredet werden sollte. Und zwei Ordner wären einer.

STIMMEN

EIN GESTIRN MACHT KEINEN HIMMEL

EINLENKEN RATSAMER VERSCHLAGEN SEIN
PROBEWEISE GEWALT AUF VORRAT
RAKETEN SPRITZIGER BOMBEN FÜLLIGER
SCHWERES WASSER RUCHBARER
LÖST AUF LÖST EUCH AUF LÖST DIE WELT
BEIM GONGSCHLAG NULL UHR NULL
UNTER SCHLÄGEN STEIGEN UND SINKEN
DENK DARAN DU KANNST ES NICHT
MACH ES KURZ UND SÜSS
GRINS UND ERTRAG ES – HALT!

Im Zimmer des 57. Stockwerks

JAN Nimmst du es an? Wirst du es ertragen? Obwohl es »Abschied« heißt und kein Wort mehr für uns ist.

JENNIFER Mich erschreckt nur, daß du noch immer da bist und daß ich dich ansehn muß, während die letzten Sekunden kommen. Ich werde bald nichts mehr sein. Wär's zu Ende. Ich ohne Schmerz. Wäre ich ohne mich. Darf ich alles sagen?

JAN Alles. Sag alles!

JENNIFER Rühr mich nicht mehr an. Komm mir nicht zu nah. Ich würd Zunder sein.

JAN Wie weit soll ich weggehn?

JENNIFER Bis zur Tür. Aber leg die Hand noch nicht auf den Griff.

JAN *entfernt* Ich ...

JENNIFER Sprich nicht mehr zu mir. Und umarm mich kein letztes Mal.

JAN Und ich!

JENNIFER Drück jetzt die Schnalle nieder und geh, ohne dich umzudrehen. Nicht mit dem Rücken zu mir. Obwohl ich die Augen schließen und dein Gesicht nicht mehr sehen werde.

JAN Aber ich kann nicht . . .

JENNIFER Tu mir nicht mehr weh. Mit keinem Aufschub.

JAN *während er durch das Zimmer zu ihr zurückgeht* Ich kann nie mehr gehen.

JENNIFER Nicht. Rühr mich nicht an!

JAN Nie mehr. Sieh mich doch an. Nie mehr.

JENNIFER *langsam, während sie sich auf die Knie wirft* Oh, das ist wahr. Nie mehr.

JAN *entsetzt* Was tust du? Tu das nicht!

JENNIFER Auf den Knien vor dir liegen und deine Füße küssen? Ich werde es immer tun. Und drei Schritte hinter dir gehen, wo du gehst. Erst trinken, wenn du getrunken hast. Essen, wenn du gegessen hast. Wachen, wenn du schläfst.

JAN *leise* Steh auf, meine Liebe. – Ich will das Fenster öffnen und den Himmel hereinlassen. Du wirst warten und nicht mehr weinen, wenn ich jetzt geh – nur um die Schiffskarte zurückzugeben, um für immer das Schiff fahren zu lassen. Das feuerrote Taxi werde ich nehmen, das am schnellsten fährt. Es ist ja soweit.
Ich weiß nichts weiter, nur daß ich hier leben und sterben will mit dir und zu dir reden in einer neuen Sprache; daß ich keinen Beruf mehr haben und keinem Geschäft nachgehen kann, nie mehr nützlich sein und brechen werde mit allem, und daß ich geschieden sein will von allen andern. Und sollte mir der Geschmack an der Welt nie mehr zurückkommen, so wird es sein, weil ich dir und deiner Stimme hörig bin. Und in der neuen Sprache, denn es ist ein alter Brauch, werde ich dir meine Liebe erklären und dich »meine Seele« nennen. Das ist ein Wort, das ich noch nie gehört und jetzt gefunden habe, und es ist ohne Beleidigung für dich.

JENNIFER Oh, sag es niemand.

JAN Mein Geist, ich bin wahnsinnig vor Liebe zu dir, und weiter ist nichts. Das ist der Anfang und das Ende, das Alpha und Omega . . .

JENNIFER Ein alter Brauch: wenn du mir deine Liebe erklärst, werde ich dir meine gestehen. Meine Seele –

JAN Unsterblich oder nicht: es gibt kein Ja mehr auf dieses.

Im Gerichtssaal

GUTER GOTT Ja, auffliegen müssen sie, spurlos, denn nichts und niemand darf ihnen zu nah kommen. Sie sind wie die seltenen Elemente, die da und dort gefunden werden, jene Wahnsinnsstoffe, mit Strahl- und Brandkraft, die alles zersetzen und die Welt in Frage stellen. Noch die Erinnerung, die von ihnen bleibt, verseucht die Orte, die sie berührt haben. Dieses Gericht wird ohne Beispiel sein. Wenn ich verurteilt werde, wird es zur Beunruhigung aller geschehen. Denn die hier lieben, müssen umkommen, weil sie sonst nie gewesen sind. Sie müssen zu Tode gehetzt werden – oder sie leben nicht. Man wird mir entgegenhalten: dieses Gefühl verläuft sich, gibt sich. Aber da ist gar kein Gefühl, nur Untergang! Und es gibt sich eben nicht.

Und es kommt doch darauf an, auszuweichen, sich anzupassen! Antworten Sie – bei allem, was Ihnen Recht ist. Antworten Sie!

RICHTER Ja.

GUTER GOTT Auf dieses Ja folgt nichts mehr. Darauf ginge ich noch einmal hin und täte es noch einmal.

Im Zimmer des 57. Stockwerks

JENNIFER Herein.
GUTER GOTT Sie sind allein?
JENNIFER Ja. Bitte.
GUTER GOTT Ich möchte nur ein Paket abgeben. Es ist bestellt worden für Sie.
JENNIFER *ohne Bewegung* Ich weiß nichts davon.
GUTER GOTT Es soll eine Überraschung für Sie sein.
JENNIFER *mit schwacher Freude* Ein Geschenk. Ja?
GUTER GOTT Ich darf es hier abstellen? Und Sie werden nicht neugierig sein und warten, bis Sie nicht mehr allein sind?
JENNIFER Oh, gewiß. Ich bin nicht neugierig. Ich kann jetzt warten. Warten.
GUTER GOTT *verändert* Er wird gleich zurück sein.
JENNIFER Ja, gleich. Er ist nur ... *bricht ab* ... nur für eine Weile weggegangen, er beeilt sich, obwohl es nicht mehr eilt. Denn es ist ein Tag der Überraschungen heute. *Verstummt.* Sehen Sie, es ist ein besonderer Tag. – Danke.

Stille.

JENNIFER Es ist gut. Danke. Sie gehen nicht?
GUTER GOTT *unbeweglich* Sie danken mir?
JENNIFER Ja. *Flüsternd.* Aber ich muß jetzt allein sein. Verstehen Sie. Weil heute abend ein Schiff ausläuft, das ihn mir nicht fortnehmen kann, und weil mir dann das Glück die Kleider zerreißen wird.
Gehen Sie, bitte, weil ich zu niemand reden darf. Ich liebe. Und ich bin außer mir. Ich brenne bis in meine Eingeweide vor Liebe und verbrenne die Zeit zu Liebe, in der er hier sein wird und noch nicht hier ist. Ich bin gesammelt über den Augenblick hinaus bis in meinen letzten und liebe ihn.

Gehen Sie endlich. Sehen Sie mich nicht so an. Atmen Sie nicht diese Luft hier. Ich brauche sie. Ich liebe. Gehen Sie fort von hier. Ich liebe.

GUTER GOTT Kein Brief vom Eichhörnchen?

JENNIFER Großer Gott!

GUTER GOTT Ein Brief vom Eichhörnchen. Darin steht: sag es niemand.

JENNIFER *furchtbar, leise* Sagen Sie das nicht. Sie nicht. Niemand.

GUTER GOTT Niemand weiß.

JENNIFER Niemand.

Die Tür schlägt zu.
Musik.

In einer Bar in der 46. Straße

JAN *eintretend* Guten Tag.

BARMANN Was darf es sein?

JAN *zusammenfahrend* Ich weiß nicht. Was?

BARMANN Doppelter Whisky. Eis bis oben hin. In der Verfassung.

JAN Ja. Aber rasch. Wie spät ist es eigentlich? Meine Uhr geht so langsam. Ich meine, die muß bald stehenbleiben, weil ich sie ein paar Tage lang nicht aufgezogen habe.

BARMANN *hantierend* Verdammt heiß heute. *Er stellt ihm das Glas auf die Theke.* Viel kann nicht mehr auf die Stunde fehlen. Ich kann den Apparat anstellen. Dann wissen Sie's bald genauer.

JAN Sehr freundlich.

BARMANN *während er am Apparat dreht und ihn einstellen möchte* Das Baseballspiel ist schon vorbei. Reklame natürlich.

STIMMEN *leise, aus dem Apparat kommend*

GEHEN WEITERGEHEN GEHEN

JAN Ich muß gehen.

BARMANN In der 46. Straße können Sie nicht weiter. Reißen die Straße auf. Mir bleibt die Kundschaft aus. Sie müssen zurück um einen ganzen Block.

JAN So. Ja, es ist so leer hier.

STIMMEN *leise*

DENK DARAN SOLANGE ES ZEIT IST

JAN Noch einen Doppelten. Wissen Sie . . . Ich hätte nur gerne einmal . . . Ich halte Sie nicht auf?

BARMANN Aber nein. Kenne das. Kennen niemand.

JAN Ach nein. Das ist es nicht. Aber ein paar Worte täten gut. Nur so.

BARMANN Sie sind ein sehr netter Mensch. *Er stellt ihm das Glas hin.*

JAN Ist das eine Zeitung – von heute?

BARMANN Natürlich. Nehmen Sie!

JAN Nur einen Blick hineinwerfen . . . Seit Tagen habe ich nämlich keine Zeitung mehr gelesen. *Er schlägt sie auf.*

STIMMEN *leise*

KEINE GNADE DENK DARAN

JAN Bei uns, ich meine, dort drüben, hat die Regierung gewechselt. Ich hatte keine Ahnung.

STIMMEN

KEINE GNADE KEINE ZEIT FÜR GNADE

JAN *auffahrend* Die Zeit! Können Sie nicht ein anderes Programm suchen?

BARMANN Kann's ja versuchen.

Er versucht, eine andere Station zu finden.

STIMMEN *hervorbrechend, von Nebengeräuschen begleitet*

DENK DARAN DU KANNST ES NICHT

HALT! STEHENBLEIBEN BEI LICHT HALT!

BARMANN Versuchen.

Er dreht weiter und stößt auf die Musik, die laut hervorbricht und dann von einer dumpfen Detonation abgebrochen wird.

Auf dem Korridor des 57. Stockwerks

FRANKIE Schön gestoben. Schön geflogen.

BILLY Aber er. War nicht da. Ist nicht gekommen. *Weinerlich.* Schweinerei.

FRANKIE Ich hab mir den Pelz versengt. Bin fast auch geflogen. Was melden wir?

BILLY Gründliche Explosion und schlechte Berechnung. Ein Toter zu wenig. Und der Meister wartet unten in der Halle. Wollte sich's anhören.

FRANKIE *geziert* Ich trau mich nicht vor ihn. Hab mein Fell versengt.

BILLY Horch! Sie kommen schon. Gaffer. Wir klettern außen herunter. Springen durchs Zimmer. Hinaus. Weg!

FRANKIE Pfui, da sieht's aus. Schwarz wie in der Hölle. Brandig. Raucht noch. *Hustend.* Ach wie gut.

Im Gerichtssaal

RICHTER Sie ist allein gestorben.

GUTER GOTT Ja.

RICHTER Und warum? *Gleich fortfahrend, sicherer.* Weil er plötzlich, als die Entscheidung gefallen war, Lust verspürte, allein zu sein, eine halbe Stunde lang ruhig zu sitzen und zu denken, wie er früher gedacht hatte, und zu reden, wie er früher geredet hatte an Orten, die ihn nichts angingen, und zu Menschen, die ihn auch nichts angingen. Er war rückfällig geworden, und die Ordnung streckte einen Augenblick lang die Arme nach ihm aus. Er war normal, gesund und rechtschaffen wie ein Mann, der vor dem Abendessen ein Glas in Ruhe trinkt und aus seinem Ohr das Geflüster einer Geliebten und aus seinen Nüstern den hinreißenden Geruch verscheucht hat – ein Mann, dessen Augen sich wieder beleben an Druckerschwärze und dessen Hände sich schmutzig machen müssen an einer Theke.

GUTER GOTT Er war gerettet. Die Erde hatte ihn wieder. Jetzt wird er längst zurück sein und bei schlechter Laune und mit mäßigen Ansichten lange leben.

RICHTER Und vielleicht nie vergessen. Ja.

GUTER GOTT Meinen Sie?

RICHTER Ja.

GUTER GOTT Sind wir am Ende?

RICHTER Gehen Sie. Den langen Gang hinunter bis zum Paternoster. Sie kommen zu einem Nebenausgang. Niemand wird Sie aufhalten.

GUTER GOTT Die Anklage?

RICHTER Bleibt aufrechterhalten.

GUTER GOTT Das Urteil? Ihren Spruch – werde ich nie erfahren? Welcher Blitz schwimmt in Ihren Augen, Euer Gnaden? Mit welchem Vorbehalt fragten Sie, und mit welchem antworten Sie jetzt?
Schweigen – bis zuletzt?

Er geht, und die Tür fällt hinter ihm zu.

RICHTER *allein* Schweigen.

Ingeborg Bachmann

Ich weiß keine bessere Welt

Unveröffentlichte Gedichte. 195 Seiten. Geb.

Drei Jahrzehnte nach ihrem tragischen Tod öffnen sich nun endlich die Archive und geben Ingeborg Bachmanns persönlichste Gedichte preis, die ihr Werk auf erschütternde Weise vervollständigen.
»Ihr schönen Worte, warum habt ihr mich verlassen?« Trauer um ihre verlorengegangene Poesie und eine tiefe Sprachlosigkeit umfangen Ingeborg Bachmann in ihren privatesten Momenten. Sie, die in einem Atemzug mit den größten Lyrikerinnen der europäischen Moderne genannt werden muß, leidet an der Welt und verzweifelt an der Lieblosigkeit in ihr. Der Schmerz der Erkenntnis, der unstillbare Wunsch zu schlafen, Todessehnsucht, durchziehen leitmotivisch all jene Gedichte von Ingeborg Bachmann, die bis heute unter Verschluß gehalten wurden. Knapp dreißig Jahre nach ihrem Tod steht der aufsehenerregende Entschluß ihrer Geschwister, eine Seite von ihr zu offenbaren, ohne die das Bild von Ingeborg Bachmann nicht vollständig wäre.